―――――― 阅读之前 没有真相

午 夜 文 库

死亡追踪者
Dem Tod auf der Spur

[德]米夏埃尔·索克斯 著
冯雅静 译

新 星 出 版 社　NEW STAR PRESS

与洛萨·斯特鲁
维特·艾佐德
联合著作

本书描述的法医学案例均取材于现实生活，书中所有人名及案发地点均为化名，如有雷同之处，纯属巧合。作者对第三方的对话和声明并没有逐字引用，而是根据其含义和内容进行了加工整理。

目录

1	序言
11	已知或未知的事实：幕后第一瞥
21	后座的骨架
35	车轮之下
51	死亡纽扣
67	赤裸的真相
85	合二为一的调查
101	致命的奇迹
113	罪之火
127	从天而降的人
143	死亡隐匿
157	致命货运
169	杰西卡案
179	永久保存
189	罗莎·卢森堡案
207	结语：轰动意味着什么？

序言

西格蒙德·弗洛伊德说，所有生命的最终目标都是死亡。他揭示了这样一个血淋淋的事实：每个人的生命都会在某个时间点终结，以自然或非自然的方式。

相对于疾病或衰老导致的自然死亡，我们会将由外部或人为因素造成的死亡称为非自然死亡，如因枪伤或刺伤引起的出血、由交通事故或头部受到打击而造成的颅脑外伤，以及由毒品或其他物质引起的中毒等。

如果对自然死亡的原因存疑，就需要我们法医人员出场了。这种概率比您想象的要大得多。我们的职责就是在暗夜里点亮一盏明灯，为调查人员和死者提供帮助。

在德国，平均每年有九十万人死亡，其中百分之三属于非自然死亡，这意味着德国每一百人中就有三人不是死于疾病或衰老，而是死于意外、谋杀或自杀。这个数字令人不寒而栗，更可怕的是，因为没有专业法医人员来确定死因，许多非自然死亡的原因都不明确。有些案例看似自然，实际上却并非如此。

不幸的是，正如萨宾·吕克特所言，死者不能说话。[①]在盎格鲁-撒克逊人居住的一些国家以及美国，死者被埋葬之前都由受过专门培训并被正式任命的验尸官和医学检验员

[①] 见萨宾·吕克特《死者没有空间：未报告的谋杀案数量》，汉堡，二〇〇二年。

进行尸检。而在德国，专科医生，包括实验室医师、妇科医生、骨科医生以及药理学家甚至全科医生都会与我们一起进行尸检。医生几乎无法简单地通过对尸体表面的检查获知死因，例如是否被亲属以强心苷或其他药物投毒而亡。甚至一个细微的针孔，如将空气注入静脉，都可以轻松骗过经验不足的验尸官。"死亡确认"通常是死者生前的家庭医生的工作，但如果这位医生打开刺眼的灯光，给死者脱衣，对死者进行全面检查，仔细查看伤口，甚至在家人注视之下寻找是否有勒痕，就非常容易引起家人的不满，从而导致失去客户。同样，察看现场的垃圾桶，寻找是否有药瓶或注射器之类的物品也肯定不会受到家属的欢迎。然而，医生一旦签发了自然死亡证明，通常为时已晚。如果死者已被安葬，只有在特殊情况下才允许开棺验尸；而如果尸体被火化，再寻找证据已无可能。尸体在八百到一千摄氏度的火葬炉中经过一小时焚烧，所有痕迹都会被破坏。火葬后死者只剩一堆骨灰，甚至无法通过DNA分析来确认其身份，更不要说鉴定是否有毒药或外力的作用了。

如果像美国那样进行全面尸检，我们还需要更多的法医专家。目前德国只有大约二百五十名训练有素的法医，和其他医学学科相比，人数可能是最少的。

我二十多年来的法医之路说起来也算稀松平常。在德国联邦国防军服役时，一位同僚偶然告诉我，如果报名参加当时仍然很普遍的"医学测试",会得到两天假期。这项医学测试能在一定程度上替代毕业会考成绩(所以会考成绩平庸或较差也没有关系),甚至无须等待就可以进入大学的医学系学习。我参加并通过了测试,不久之后便开始研习医学。

当年,我每天晚上参加学生派对,通常只休息两三个小时,早上七点便现身在解剖室。如今想来,那段经历真是不可思议。

大学期间首先引起我的兴趣的是解剖学,那时我正面临抉择,在成为一名外科医生、病理学家、神经病学家、精神病学家、内科医生或心脏病专家之间摇摆不定。就在大学最后一个学期,全德毕业统考之前,我参加了一个法医学讲座,顿时明白了我一直在等待什么。一时间,所有的线索似乎都汇聚在这里:一方面,我洞悉了解剖学和病理学是整个医学领域的基石;另一方面,我对心理学方面的兴趣也被唤醒。没有任何医生能像法医一样深入探究人类的心灵。

自我决定学习法医学以来,至今已近二十年。我从事法医工作十五年,主持过约九千五百次验尸,参加过一万四千多次其他尸检工作,并在德国北部各个太平间和火葬场进行了约三万三千次死因调查。我是柏林两个法医研究所——夏里特法医学研究所和柏林国家法医与社会医学研究所的所长,这两个研究所每年进行约两千次尸检。

我经常被人问到,每天直面如此多的死亡,如何能够保持一颗平常心。这个问题颇具代表性,毕竟我所目睹的血腥和恐怖场面比我们社会中百分之九十九的人都多。目击过可怕场面的消防员和警察事后都要接受心理疏导和专业监督。那我又是如何消解压力的呢？

我可以向您保证，我既不吸毒，也不会在下班后狂饮；既不沮丧也不曾遭受创伤。我晚上睡得很好，而且从未做过与工作有关的噩梦。即使我的工作与众不同，我依然可以很好地调整工作带来的压力、紧张和特殊挑战，就像"正常"员工在其"正常"工作中所做的一样。我会在施普雷河边或动物园里跑步，周末与家人在波罗的海度假休闲，和朋友看电影、歌剧或者一个人静静地读一本有趣的书。而且，虽然电视剧中的法医在会议室里听音乐的场景不会出现在我们真实的日常工作中，但我们的生活也并非如别人想象般沉闷无聊。在与彼此相处的方式上，我们与其他职业的人并没有什么不同。对我和我的同事来说，有些事情至关重要：我们工作时必须保持客观，保持距离，包括对正在发生的事情，对受害者，对肇事者以及对自己的情感。我们是专家，不是传教士，也不是评委。情感会消解揭露真相所需的客观性。死者不能说话，因此我们必须尝试找出他们无法告诉我们的事实来替他们代言，这是我们的工作。但这并不意味着我们铁石心肠，也不意味着人世间的悲喜不会触动我们的心灵。比如说，我无法想象在儿童癌症病房中当医生，因为在那里每天都会看到小病人的痛苦，而自己却爱莫能助。

我当然知道那些躺在解剖台上的死者的惨状常常是恐怖的，然而这就是我的日常工作。这些工作包括：采证并建立文档，基于因果关系和科学原则进行评估。法医的任务就是提供这些数据，这是我们能为受害者及其家人所做的唯一的事情。在我看来，我们伸张正义首要且唯一的理念永远基于这句拉丁语格言：Mortui vivos docent——死者教导活人。或者反过来说：活人向死者学习。

为什么这么说呢？也许有人会问：法医学难道不仅仅是协助警方断案的一门辅助学科吗？难道不是在"孩子已落入井中"、在事态已无可挽回时才用到的一门学科吗？事实并非如此。我们虽然不能帮助那些躺在研究所里的死人，但我们的调查结果却会对生者有所帮助。

法医学和病理学一样，属于质量控制医学。我们的任务还包括鉴定是否因某个手术方法或药物治疗，或者因为没有及时确诊从而导致患者死亡。当考量到医学上总是出现新型外科手术和药物治疗方法时，这一点显得尤其重要。

法医学可以通过鉴定一个人何时何地以及在什么情况下被杀，将凶手和罪犯绳之以法，从而保护其他潜在受害者，使之免受伤害。

法医工作的一个重要组成部分是识别无名尸，其中很多是几乎无法识别的尸体。这是我们为死者亲属所能提供的最后的服务，他们的亲人是失踪还是死亡，或者尚在人世，还有什么比生活在一个不确定的状态中更令人揪心？根据我自己的专业经验，因此导致家庭破裂的情况不在少数，有些亲属以酗酒甚至自杀来寻求解脱。为了避免让亲属在希望与恐惧之间反复煎熬，死亡鉴定的意义不容忽视，它与破解谋杀案同样重要。

法医不仅处理死亡事件，相反，我们从死亡的角度诠释生命以及生活。

有时，法医会以一种特殊的方式见证岁月的轨迹：二十世纪九十年代致命的"快铁冲浪"①风行时，法医就是这一新"潮流"的第一见证者。同样还有"撞车小子"，年轻人用偷来的汽车横冲直撞，却被撞断颈骨，他们寄希望于安全气囊，但安全气囊并非万无一失。"宾果饮酒游戏"、自制的致命性药物、撒旦的杀戮仪式、连环谋杀、性行为实验导致死亡……这些形形色色的受害者被一一摆上我们的尸检台，大部分并未引起媒体和公众注意。亲爱的读者，请放心，您不会想知道哪些内容没有被公开。否则，与我不同，您将无法再次安然入睡。

您还需要其他例子吗？原材料商品价格最近大幅上涨，尤其是铜。您觉得只有股票商对此感兴趣？事实远非如此。有人用断线钳剪断电缆偷铜线，但是，这些电缆通常处于高压电流下。其结果就是，被烧焦的尸体和断线钳一起躺在我们的解剖台上。

如您所见，对死亡的研究是重要且必需的。其实法医学早些年已经得到了进一步关注，因为近年来法医学经历了真正的繁荣，尤其在多彩的媒体世界中。《CSI：犯罪现场》、

---

① 快铁冲浪（S-Bahn-Surfen）：年轻人间流行的一种刺激的游戏，他们扒在地铁或火车车厢外，像"冲浪"一样乘车。

《穿越乔丹》（Cross Jordan）、《尸检》（Autopsy）等美国电视剧受到了热烈追捧，图书、电影和犯罪小说、恐怖小说里也频繁出现描述尸检和法医方面的情节。基于法医检查结果的尸检报告、毒理学发现和检察官办公室调查声明的发布频率也越来越高。

但不幸的是，有关法医的小说、电视剧和电影中展现的很多场景都是虚构的，这就是我决定写这本书的原因。本书的重点是对法医日常工作的全面介绍，以及一些不寻常的尸体案例研究。

在这本书中，我从过往亲自参与主持的尸检案例中精选出十三例，以期对法医的工作方法和技术运用进行一个系统的介绍。一些章节将大部分笔墨放在复杂的案件本身和调查人员的解疑上，而另一些章节则详细介绍了"弃尸"或"自杀行为心态"之类的社会现象。为了保护死者及其亲属的隐私，我更改了相关的人名、日期和地点（除了轰动一时，成为医学范例的杰西卡案）。

正如一位退休同事所言，我们不能将之称为"解剖台上的爆炸性案例"，本书侧重的是人们感兴趣的法医工作日常。在这种意义上，本书不会涉及玛丽莲·梦露那种迷离的死因，也不存在暗杀约翰·肯尼迪的阴谋论。相反，我将为您展示真实的法医日常生活。

对于有经验的法医来说，杀人，即因谋杀和过失杀人导致的死亡相对而言比较容易处理。一个人被刺了多少刀，从哪个方向、以什么力度刺中受害者，以及凶器属于哪种类型的刀（单刃、双刃、刀片可能的长度和宽度），这些常规发现需要法医具备良好的医学、物理知识和法医经验。令我们感到兴奋的是那些没有被电视或其他媒体报道过的、不为公众所知的死亡案例，这些案例是我们日常工作的一部分，并且往往鉴定难度很高。在这些情况下，除了我们的取证工具外，在还原事件时还需要对大量证物进行细致的组合。要解决这些案例，除了法医的常规工作之外，还需具备较高的分析整合能力，对案件进行重组。一位优秀的法医必须同时具备对微小细节（能够指出解决案件的方法）的观察处理能力和锲而不舍的精神，案件本身却不一定是耸人听闻的。

人们对我们常规尸检的基本操作、方法和技术运用知之甚少，对法医的职能了解得更多。其实，刑事调查和法医工作并非结合在一起进行，我们的调查结果通常只是一个大难题中的一个小小的环节，即使有时很关键。

本书将向你展现我和同事们如何搜集证据，如何去伪存真，如何创建尸检报告。您将见证我们的法医团队如何在被死亡笼罩的暗夜里点亮一盏明灯。

法医是一种独一无二的工作。读完本书后，相信即使是惊悚迷也不会反对我这一观点：小说中的世界并不比现实生活广阔，而是恰恰相反。

米夏埃尔·索克斯
柏林，二〇〇九年春季

已知或未知的事实：幕后第一瞥

对于那些喜欢阅读犯罪小说或观看电视剧《犯罪现场》以及美国惊悚片的人来说，尸检工作他们最熟悉不过：

在地下室贴满白瓷砖的房间，一个法医在独自工作。每增加一个人只会分散他的注意力。此外，在确认死者身份时，也别指望亲属身边会出现其他陪伴者。那里的灯光总是故意被弄得很柔和，以缓和阴森的氛围，毕竟主管法医也会对死者有所触动。

用来做尸检的钢台通常布置在简陋的大厅中间。死者一直待在那里，直到结案为止。原因显而易见：调查过程中可能会反复出现新的问题，而这些问题都可以从尸体上找到答案。但还有第二个原因：即使是最优秀的专业人士也无法一次完成全部的尸检工作，它通常需要三天或三天以上的时间。

最后，也不应忘记刻画法医总是精心护理他们的脾脏，这有助于他们应付残酷的日常工作。有些法医长期心情低落，脾气暴躁，认为刑警只想搞乱他们的生活。他们最显著的特征是：总在喃喃自语。而另一些法医则在验尸时听歌剧，以便能将与死亡的相遇转化为与美和崇高的对接，希望他们一丝不苟的工作能得到赞许。

您对法医的印象或许还有：法医是秃头的，在尸体旁边吃面包。女人不允许出现在那里……

并非所有刑侦作家和编剧都会如此刻意描写，但法医以外的人对尸检室的真实情况的确知之甚少。

第一，也是最重要的是，让你泪流满面的电视剧其实非常不真实，它将最不可能的情况变成了可能。法医英雄们用高科技和千里眼的超能力重演了犯罪现场，并一举锁定罪犯，这并不是法医头上的光环，而是对法医工作蒙昧的曲解。您瞧，全新的科学方法可以在几个小时内被研发出来，而且还有专业论文做依托，这实在令专业法医啼笑皆非。

我要带你去的不是电视剧的世界。法医不是整天身着时尚西装的潮人，也不是总在和迷人的女检察官吃饭。而且我们并不随身携带枪支，也不是形同尸体的无趣隐居者。相反，即使我们天天与死者打交道，仍然兴趣广泛，充满活力。这恰恰是因为我们每天都面对死亡，深知死亡无处不在，便更能体会生命的短暂和无常。

在我自己成为一个死亡案例之前，我觉得非常有必要把我们的工作惯例和基本情况介绍给大家。

我在此声明，首要且最重要的一点就是，我不是病理学家！在大多数刑侦剧中，我们法医被称为"病理学家"。法医和病理学家所修的专业课程完全不同，其责任范围也不同。

病理学家的职责是临床诊断，并对死者的亲属提出进行尸检的要求。他们处理的是由内部疾病造成的死亡，如糖尿病或晚期癌症。而法医则处理非自然、与疾病无关的死亡，而且不需经亲属的同意就可进行尸检。这当然是合理合法的，因为大量刑事案件的凶手都是受害者的家庭成员。在我们的工作中，尸检命令是由法官或检察官签发的，只有当死者被确定并非因外部力量或药物造成死亡时，才会被转交给其亲属或他们委托的殡仪馆。

尸检室绝对不会是一个昏暗的地下室，挂着几盏稀稀落落的灯。解剖台也不是像祭坛一样被摆在中间，苍白得如同我们这些法医，天天在简陋的房间中面对同一具尸体检来检去。

在我们位于柏林莫阿比特的分区大厅中有五个并排在一起的工作台，几乎所有工作都是同时进行的。大厅里的光线如同医院手术室一样明亮，否则将看不到诸多微小的细节！另外，进行尸检的并不是一名医生，而是整整一个团队：除了主管法医之外，还有一位医生、一两位科室助理和几名法医专业的实习生，通常也有来自其他国家的一两个访问医生，他们在访问柏林法医部门期间向我们学习。在涉嫌谋杀的案件中，检察官和刑事侦查部门的同事也会到场，包括法务部门的调查员、警察部门的摄影师和刑侦科的技术人员。

至于那些局外人——报刊和其他媒体的记者及书籍作者，常常数小时甚至数天在一旁观摩，他们对法医正常而轻松的工作氛围感到惊讶：我们法医研究所的员工和其他普通部门的工作人员一样气氛活跃、谈笑风生。这就像是一个由不同职业的人组成的一个工作讲习班，事实也的确如此。

令外行人感到惊讶的还有：许多程序是并列进行，而不是完成一个再开始另一个。常见的场景是：当一位医生打开腹腔和胸腔时，一名助手切开了头骨。取出的器官立即被放置于位于解剖台上的一个金属"器官台"上进行检查。因为五个尸检台同时作业，在讲话或与同事交流时，声音可能会突然被电锯的噪声淹没，所以说话必须大声或需重复几次。而那些暂时不当值的同事则站在解剖台旁观摩，毕竟总有一些新东西值得学习。

顺便说一句，我们团队的工作人员有一半是女性。毫无疑问，法医并非只属于男性的职业。

法医的每一次尸检都必须严格遵循流程，并且要由两个人共同进行。这是《刑事诉讼法》中规定的，众所周知，四只眼睛胜过两只眼睛。首先进行的是尸体表面的检查。表面检查的意思是不打开身体的任何部位。这种初步详细的检查被称为"体表检查"。所有有价值、会被写入尸检报告的发现都会被录入到听写机中。

尸体表面检查之后，就会进行实际尸检，也就是"体内检查"。我和同事经常会被问道：尸检、验尸和解剖之间有什么区别。我们都读过犯罪小说，关于三者的差异存在着各种不可思议的理论。答案是：其实三者并无区别。长期以来，这些术语一直是同义词，即使它们来自法医检查的各个层面。尸检（Obduktion）来自拉丁文 obducere，意思是"稍后再咨询"。从词源学角度来看，尸检是对可疑死亡原因的检查；解剖（Sektion）这个词来自拉丁语 secare，意为"切割"；验尸（Autopsie）出自希腊文 autos 和 opsis，意思大致是"自己的观察"。

根据《刑事诉讼法》第八十九条，尸检时，死者所有三个体腔——胸腔、腹腔和头腔必须被打开，这是司法规定。胸腔和腹腔打开程度可不同。在美国和大部分德国机构中，男性均采用著名的"Y形切口"：从肩膀到胸骨上端，再由此处到骨盆进行两个切口。女性尸体则是以所谓的"U形切口"打开，该切口从左右锁骨一直延伸到腹部。这两种打开尸体的方式是为了在整理尸体遗容时，使上衣可以遮住缝合部位。这不仅仅是因为普通女装多为坦领，还因为女性的上衣多半领口较低，因此U形切口适用于女士，即使领口很低也看不到缝合处。但鉴于在柏林大多尸体都是无人认领的无名尸，所以我们从颈部到腰部进行一条垂直切割便已足够。之后我们会对包括皮下脂肪组织在内的皮肤进行检查，然后切开并去除肋骨和胸骨，以便摘除心脏和肺部。检查头部时，首先切开头皮，然后扒开它，将头皮拉到死者脸上，以露出颅骨。这样我们就能够锯开头骨取出大脑。

我们用类似于圆锯的"摆动锯"锯开头骨，由于该锯不是旋转而是高速往复摆动，因此比曲线锯和圆锯效果更好。

我们还将抽取组织和血液样本，以检查头腔、胸腔和腹腔内的所有器官是否在死亡前曾患疾病或是否受到过暴力伤害。我们将之称为"证据"，这些证据根据《刑事诉讼法》的规定受到"保护"。如果有疑问，我们会将这些组织颗粒或血液样本送至毒理学部门进行进一步检验。那里的同事将化验它们是否有药物、毒品或其他毒物残留，并在显微镜下检查其组织颗粒，并保留血液或组织样本以进行进一步的DNA分析。所有证据都被保存在一个特殊的安全房间——证据室中，直到一道道调查程序全部完成。组织样本会根据实际情况被冷却、冷冻、风干，或者无菌包装，或者保存在酒精或福尔马林溶液中。如果在尸检结束后仍然有来自刑事调查部门或检察官办公室的疑问，我们将对证据进行进一步的分析检查，如鉴定其中的毒药成分等。

最后，解剖后的器官会被重新放回体内，由解剖助理缝合尸体，将其埋葬或火化。记录尸体解剖过程的影像资料会交给研究所的秘书，内容是法医的各种观察和发现。秘书撰写一个报告，作为附件放入调查档案中，然后将该调查文件转交给检察官。

这样的尸检通常需要多长时间？

如果我们在大街上对这个问题进行一项问卷调查，得到的答案可能是："几天。"这不得不归功于那些犯罪小说作者。人们误认为这些尸体大半周或整个星期都躺在法医部门的某处，尸体放多久完全取决于刑事警察或私家侦探的调查进度。侦探站在拐角处，脸色苍白，也许是为了引起注意，他固执地站在法医身边，在尸体旁侃侃而谈，就好像在给学生上课。而法医仿佛连续几天都是死者的常客，他不得不一次又一次地打开尸体以寻找所需的细节。

实际上，尸检平均只需要两到三个小时。当然，根据死亡原因或犯罪的复杂程度，尸检的时间长短亦有差别。例如，有一些尸检只需一个半小时即可完成，而我进行的最长的一次却花费了将近十六个小时。犯罪者绑架了一个八岁的女孩，剥去她的衣服，对她进行了性虐待，然后又给她穿上衣服。

恰恰在那个时候的某一时间点,女孩被杀了。在开始进行尸检,即打开体腔之前,我们必须脱下她的衣服,对每一层衣物进行分析检验,我们与刑事犯罪科的技术人员一起收集纤维和组织的痕迹,以便能够准确地重建犯罪现场。在这种情况下,这样的检查是非常必要的!我们也正是因此掌握了犯罪者的DNA证据,最终将之定罪。

还有一件不可描述,只能间接传达给您的东西,那就是尸体的气味。我自己已经几乎注意不到这种气味了。其实不能亲自体验这种气味应该感到庆幸才是。但这毕竟是我日常工作中不可缺少的一部分,我自然也不会拒绝有兴趣了解的读者:试想您在夏天将一块牛排扔进垃圾桶,三周后您度假归来,精神焕发,也晒黑了,忽然发现之前忘了倒垃圾。您不必尝试,但可以想象那种气味。顺便说一句,最难闻的气味是被水浸泡过的尸体,而不是牛排。再设想一下将一条鱼放进垃圾桶,等三四周或更长时间之后去体验那种气味……

最后我要说明的一点是(而且这一点并非无关紧要):我希望能够消除目前普遍存在的误解,虽然我没有能力将这些误解从批评家、电视和电影观众的印象中抹去。太多的小说家和编剧固执地灌输给受众这样一个在法医界流行甚广的谣言,即尸体总能够在法医室里被他们的亲属认出来。

我们脑海中都有这样一个画面:死者的妻子或丈夫、女儿或儿子、母亲或父亲站在床架前,揭开尸布,在看到尸体的面容之后,他们或抽泣或叹息,或只是默默地点头。但自我从事法医工作以来，从未见到过死者的亲属探视。与其让亲属进入太平间目睹尸体的惨状并勾起其伤痛回忆，倒不如实实在在做好我们的工作，给亲属一个交代。

后座的骨架

这一切都宛如动作片中的场景，但我不是坐在电影院或者电视机旁，而是开车去几分钟前发现的一个犯罪现场。

三公里之外就能看到半空中的火光和烟雾。到达路障时，我发现有消防车和警车停靠在路边，一辆救护车蓝灯闪动。警务人员正在用对讲机通话，身穿纸质防护服、携带勘查箱的技术人员正来来回回忙碌取证。我走向调查专员，他站在主要证物——一辆烧焦的、随时都可能散架的车辆残骸旁。在这里，邓斯多夫和阿尔斯费尔德之间的乡间公路上，一辆全速行驶的汽车发生爆炸，之后被大火烧毁。

只有在怀疑发生了非自然死亡，即谋杀、自杀或事故，并且需要法医的专业知识时，我们这些法医才会被召唤至现场。例如，我们会在现场确定暴力死亡是否与遗留的作案凶器相匹配，或者如果有人从楼梯上跌下来，是意外失足还是被刻意伪造了现场。

我简单与专员交谈了一下。为了更清楚地了解发生的事情，我必须尽快获得详细信息。据刑警描述，收到目击者报告，一辆行驶中的汽车发生可怕的爆炸，所有车窗都碎了，一部分残骸飞上空中。汽车在距爆炸现场五十米处的对面车道上停下来，并在那里被完全烧毁。据警官说，一名农场主见状立即跑到事故现场帮忙，但是由于火焰的热度，他无法接近汽车。他打电话报警，警察又通知了急诊医生和消防部门。

农场主站在调查专员旁边,难以置信地摇着头:"那辆汽车竟然会被烧成这个样子!"他显然惊呆了。

这辆车一半停在路边,另一半停在路旁的草丛里,因全车尽毁,我甚至不能分辨出那是辆什么车。所有车门都是敞开的状态,所有车窗都已破碎,引擎盖也是敞开的。发动机的零件被炸毁,像金属内胎一样横在街上。烟雾、汽油和烧焦的塑料散发出刺鼻的恶臭,还夹杂着泡沫灭火剂的味道。爆炸释放出的热量是如此之大,以至于车辆底部和轮胎完全黏在了路面上。

"麻烦您看一下汽车后座。"那个警官对我说。

车里的气味也很刺鼻,座椅的装饰和机舱装饰件的塑料部分几乎全部被大火烧毁。后座上有一具尸体,其身体大部分已被大火烧焦。手臂和腿像胎儿一样弯曲,仿佛受害者想要以此种姿势保护自己免受火焰侵害。可惜面对这样的大火,任何姿势都无济于事。爆炸和大火以其巨大的破坏力将受害者摧毁,甚至下门牙也被毁坏。死者颅骨破裂,颅腔中被烧焦的脑组织明显可见。场面触目惊心,惨不忍睹。然而真正使人恐惧的是,后座的骨架是车里唯一的乘客,驾驶员和副驾驶位都是空的,没有司机,没有其他乘客。调查人员面临一个谜团。在犯罪现场,人们对犯罪的种种可能进行了猜测。

调查专员说:"车里没有其他人,如果有,他是怎么出来的?"

一名技术人员说:"一定还有其他人在车里,否则是谁把车开到这里的?"

司机在事故发生前逃离了汽车？他是如何做到的？他应该是在车辆驾驶过程中跳下车的，而农夫和其他目击者目睹了爆炸。警察封锁了高速公路并搜查了该地区，只找到了破碎的玻璃和在爆炸中被抛出车外的安全气囊残骸。汽车显然不是后座上的死者驾驶的。

还有一个棘手的问题：爆炸和之后发生的火灾使我们既无法查到车主，也识别不出汽车品牌。调查专员说："可能是奥迪，但我不能确定。"

核心问题是：汽车为什么会爆炸？但如果无法确定死者身份，调查人员就无法展开工作。法医的作用显然举足轻重。

在目前这种情况下，我们根本无法发挥作用，因为还不能确定这是否是一起暴力犯罪。处理这类案件的一般流程是，警察打电话给有关部门，获取检察官的尸检许可。

法医技术人员将尸体抬出汽车。这并非易事，因为后座软垫中的肌肉和组织残留物已经与塑料的残余物融为一体。

稍后当我回到研究所时，检察官办公室的传真和验尸令已经摆在了我的办公桌上。

死者的身份？车辆的归属？这两个问题仍然没有答案，更不用说犯罪的性质和结果了。是的，我们甚至都不知道这是一种什么"行为"，无论是他杀还是自杀。我们通常将该类事故称为"事件"。但无论如何，我们别无选择，只能系统地、逐步地进行尸体表面检查和内部解剖，并寄希望于刑事调查部门和取证人员可以找到其他证据。

我们要进行的这次尸检难度非常大，死者的肉身几乎不复存在，只剩一具骨架。在开始尸检之前，我们小组的一名医生说："您甚至无法分辨这是男人还是女人。"的确，大火烧毁了死者所有的性别特征，尸体不过是一具烧焦的骨架，纤维状的焦肉和衣物残留像怪异的拼布一样铺在上面。

我本人很少见到烧伤程度如此之高的尸体，所有的脂肪和肌肉组织都被烧毁。这不足为奇，因为人类脂肪是油性成分，在高温下非常易燃。软组织，即皮肤、皮下和身体的脂肪组织也几乎不存在了，烧焦的、碳化程度各不相同的组织残留悬挂在骨架上。

如果人体组织被烧毁殆尽，我们便无法得出有关受害者身体的任何结论，我们无法确定他或她生前体重适中还是营养不良或者超重，无法再依据体长和体重加以推断。

尸检时，通常会首先检查尸体上明显的伤口和骨折，从中可以获得死者死亡的第一条线索。尸检的顺序是由上而下：先从头部开始，最后检查脚部。我们曾经给一位右前臂折断的死者做过尸检。我们将之称为"创伤性截肢"，而这种创伤明显是因暴力产生的。

连接手部和上臂的尺骨和桡骨被完全切断，右肘关节的整个肌肉骨骼系统（韧带、关节囊和软骨）被烧毁。关节暴露在外，烧焦的碳化组织如同经过阳光暴晒后融化的橡胶。右股骨以下缺失，膝关节看起来像一个黑色的火山口。

"创伤性截肢，右肢损坏。"我用口述录音机录了下来。

通常，也就是说按照工作惯例，我只录下在体表检查和验尸过程中发现的大部分能够确认的事实，有时甚至是在解剖室完成尸检之后的晚上。我时不时录下一些细节，以免在下一次尸检前忘记它。在出现此类疑问的情况下，听写机总是被放置在触手可及的范围之内。首席验尸官或第一尸检人员用录音的方式发表见解，作为书面报告的依据，秘书处会将记录写成书面的验尸报告，然后由第一和第二医务人员阅读确认，最后由双方签字。

面对这样一个死者，其皮肤和身体组织对我们而言已经没有多少价值了。躺在我们面前的是一团黑褐色、融化变形的团块，只有骷髅头骨及其手臂和腿的残骸提醒我们这曾经是人类。胸腔已经破裂，爆炸显然从正面毁坏了他的胸部。大火也彻底毁掉了三根肋骨，其他肋骨则呈黑色，像被烧毁的船板一样从躯干中弯出。我们可以看到肺和隔膜缩小到四分之一。巨大的热量使肠子里的空气变暖，如此大的压力在腹腔中积聚，最终导致腹壁破裂。小肠的一部分因为高温而焦灼和收缩，从伤口渗出，呈黑色分散卷曲缠绕在腹部。当我们将尸体运到解剖台上时，尸体竟然动了一下。在场的一名医学生说："就像一条鳗鱼。"

颈部和头部的情况也不乐观。整个颅骨呈灰白色，正如我们一位验尸员描述的那样，简直"糟透了"。眼窝只剩下骨骼，这给我的工作制造了很大的障碍。上下颌也被烧得只剩下骨头，几颗牙齿在高温下被完全烧毁或粉碎。舌头的纹理质地看起来宛如一块熟肉。

当我们完成了体外检查并准备开始进行解剖时，一名法医工人透过玻璃幕墙向我们招手。玻璃幕墙将部门大厅与研究所的走廊分隔开。负责调查此案的人员来了，正在办公室里等待。

我们在经典剧集《CSI》中经常看到这样的场景：兴奋的警官来到法医部门取证，希望从那里获得进一步的信息来展开调查，并提示法医人员在进行尸检时应该把重点放在哪些方面。确实，出于各种原因，负责案件的刑警会不时与我们研究所的人员联系，但在大多数情况下，我们会通过电话或者以电子邮件和传真的书面形式来进行沟通。

我们刚刚从专员那里获悉，由于金属已熔化，犯罪调查中心的同事到目前为止只能确定爆炸车辆可能是奥迪。大火令金属表面熔化，给辨认车号带来了很大的困难，如果想要精确地识别，就必须采用科技手段，而这个科学鉴定的过程比较漫长。

这位警官带来一个消息，一名来自阿尔斯费尔德的妇女报告她丈夫失踪，这个信息无疑对我们打破僵局至关重要。

四十五岁的多拉·克莱因听到消防队的警报声时，担心这可能与她的丈夫有关。她的丈夫托马斯最近表现非常古怪。自从他和最好的朋友的妻子恋爱以来，这段名存实亡的婚姻已经持续了很长时间。在与妻子频繁的争吵和讨论之后，托马斯·克莱因终于意识到自己的失当行为，他在隔壁的朋友家住了一段时间，以期拉近双方的距离。"我真是一头蠢猪。"他曾经自责地对妻子说。

根据这名女人的证词，警局派出两名警员去儿子尼古拉斯·克莱因那里取证。儿子说，父亲在前一天晚上奇怪地对他说了再见，"这里的一切都留给你，我现在要走了"。他边说边拥抱了儿子，"我爱你。"他说，然后离开了房间。妻子和儿子都肯定他死于自杀。

尽管没有证据表明这起事件与我们的案件有关，但这些陈述足以促使我们在尸检中寻找有关自杀的证据。

顺便说一下，在法医学领域中，我们总是用"自尽"而不是"自杀"（自我谋杀）来界定这类事件，因为从法律层面上看，"自杀"一词从其术语逻辑上看是矛盾的。根据法律对谋杀的定义，成为凶手要满足以下要求：犯罪者必须存在谋杀的动机。或是对性本能的满足，或出于贪婪等其他卑鄙的目的，可参照德国《刑法》第二百一十一条。而且动机不能是"对生活的厌倦"。

那些自杀的人并没有伤害他人，而是自己看不到希望，走不出生存的困局。因此法医不以自杀定义这些结束自己生命的人，而是自尽。

对于所谓自杀式炸弹袭击者来说情况有所不同，因为他们的主要目的是为了杀人，杀死很多人，而且他们只有被批准后才可以自我了断。从法律角度来看，他们也被认定为凶手。

一个精神健康的人常常想当然地认为很少有人选择在一个温暖明媚的春日里结束生命，但是统计数据表明，这是正常现象。原因很明显：在一年最为阴冷黑暗的月份，沮丧的人比在温暖明亮的月份更容易接受自己的"黑暗"状况。认为大多数自杀事件发生在圣诞节的流行观点其实是个"冬天的童话"。相反，春季和夏季的自杀人数却高出很多——尤其集中在夏季。对抑郁症患者而言，晴朗的天气与他们的心理状态形成一种强烈的反差，尤其使他们感到绝望。谋杀和其他暴力犯罪在春季和夏季发生的频率也远远超过冬季和圣诞节期间，而其原因比自杀更为复杂。

如果托马斯·克莱因确系自杀，那么一定是他自己制造了这起爆炸事件。因此我们在尸检中首先要做的就是验证在爆炸发生时该男子是否还活着。

当我的手术刀插入被烧焦的残留组织时，里面渗出一些血液。我发现打开的胸腔和腹腔中除了焦肉的味道外，还存在另一种气味：汽油。这可能表明火势曾经加速蔓延。另一方面，汽车的油箱也爆炸了，这就是可以闻到汽油味的原因。我们据此将"怀疑使用助燃剂"的猜测转移到证据保护上。

助理取下死者的上颚和下颚，以便对牙齿进行鉴定。同时，我用肋骨剪剪开肋骨，直达心脏和肺部。顺便说一句，肋骨剪看上去就像是大家在圣诞节收拾烤鹅的家禽剪和传统树篱剪的混合体。

我移除肺、气管和支气管，因为我可以通过对这些器官的观察来判断受害者在爆炸时是否还活着。所有的器官都因高温而萎缩，变得和橡胶一样黏稠。

我用肋骨剪剪开气管和支气管。死者呼吸道黏膜完全被烟灰覆盖，我们在食道中发现了吞咽的烟灰颗粒。这表明我们面前的这个人死于爆炸和大火。这可以用一句简明扼要的行业术语来概括："生前遭遇爆炸性起火伤害。"

如果该男子在爆炸起火时已经死亡，我们就不会在支气管或食道中发现烟灰沉积。法医将这些特征称为"生命体征"，因为它们可以证明受害者在遭受外力（在这种情况下是大火）时还活着。

烟尘颗粒和汽油的味道符合这样的假设，即后座人员可能在助燃剂的帮助下以某种方式引起爆炸。但他是如何完成的？

不过这个问题应该由其他部门的同事回答，因为在我们检查完所有器官——或者说检查了尚存的器官，并且用死者的上颌和下颌绘制完牙齿模型图进行识别之后，尸检工作就完成了。部门助理将他装进一个白色尸体袋，空出解剖台好进行下一次尸检。

就死者的身份鉴定而言，刑事警察要求牙医出具托马斯·克莱因的牙齿模型。这是一个漫长的过程。后来我们才知道，托马斯·克莱因不久前换了牙医，而该牙医当时在度假。克莱因先前的牙医倒是存有他的牙齿模型，但是那个模型已有十年历史，不适合进行识别和比对。

在刑事技术检验部门的专员和其他调查员澄清案件的同时，我们转向了其他验尸任务。只有在取得可用的托马斯·克莱因的牙齿模型后，才能与我们的牙齿模型进行比对。

之后如无意外即可在短期内结案，专员会将调查结果亲自通知我们。

刑事技术检验部门检查了汽车内部,他们在驾驶员和副驾驶座之间的储物盒里发现了一个金属开盖打火机。他们竟然还找到了因熔化而烙在金属上的车辆识别号码!

车辆识别号码和枪支的序列号一样,都是被压印在金属中的,号码不仅存于表面,更被嵌入材料深处。酸可作用于金属表面,使这些数字在较深的凹槽中变得可见。序列号之所以被压印而不是刻印是有原因的。比如,法医技术人员可以使用酸来识别被肇事者磨损的序列号,或者,如我们现在的情况,识别被严重损坏的金属中隐藏的序列号。

刑警的猜测是正确的,该车是一辆奥迪五门车,于二〇〇〇年生产,车主是托马斯·克莱因。

刑事技术人员还检查了车内是否有助燃剂的痕迹。在这种情况下,火灾碎片样品会在气相色谱仪中进行分析。色谱仪的大小和中型冰箱差不多,它能够将不同的物质进行分离,比如可以从我们呼吸的空气中分离出煤气。由于不同的物质沸点不同,可以根据时间的差异来得到每个物质的单独验证结果。

我们用气相色谱仪检查了汽车上的火渣样品,发现汽车内部空气中汽油的浓度非常之高。按体积计算,0.6%至8%的汽油浓度即可引起爆炸,而这辆车的汽油浓度值高出很多。若是在如此高的汽油浓度下点燃打火机,巨大的爆炸不可避免。

汽车中的高汽油浓度,储物盒上打开盖子的打火机,托马斯·克莱因的疑似自杀意图——这一切都表明是他亲自驾驶汽车并在行驶中点燃了爆炸性混合物。因此警察又回到克莱因家中，询问他的妻子杂物室是否储存了易燃液体。事态顿时变得明朗，据他妻子说，两个五升容量、装满汽油的塑料桶不见了。

重建犯罪现场后，我们只得出一个结论：托马斯·克莱因将两个敞开的油桶放在副驾驶座位的搁脚处。几分钟后，当汽车中的空气完全充满汽油时，他用右手点燃了打火机，引发了爆炸——可怕的爆炸。这是因为，在封闭的汽车内部爆炸效果要比在开放地带强得多。爆炸及爆炸所产生的炽热气体和火焰不是像在野外的爆炸一样只冲击了托马斯·克莱因一次，而是连续不断地重击了他。由于车是封闭的，爆炸的压力波（所谓的爆炸波）一次又一次被反射，并形成新的力，像燃烧的钟摆一样撞击汽车内部。这也解释了死者四肢严重受损和被截肢的情况。由于爆炸力的增加，托马斯·克莱因握着打火机的右臂和右腿的一部分被严重撕裂，同时他被爆炸波从驾驶座扔到了后座上。爆炸引起的大火在车内肆虐，最后只剩下一个烧焦的骷髅头。

第二天，"汽车在马路中间爆炸"成为当地媒体的头条新闻之一。我大致浏览了一下文字："发生巨大的爆炸。这里到处都是火球……"另一张报纸还配了一张消防队和警察如何清理被烧毁的汽车残骸的图片。从图片上可以看到他们想办法用凿子把汽车从路面上撬出来的场景。新闻图片展示了紧急服务部门如何将汽车与柏油路分离，配图文字说："路面都被火烧毁了。"

两天后，托马斯·克莱因最新的、完整的齿模终于通过传真送达研究所。我们花了不到一刻钟的时间将齿模和汽车后座上尸体的牙齿做了比对。它证实了我们的猜测和警方的调查结果：死者正是托马斯·克莱因。他将汽油洒到车上，将敞开的油桶放在乘客座位的脚踏处，然后引发爆炸。

我经常在工作中处理自杀案例，但如此极端的自杀方式却是第一次经历。托马斯·克莱因的自杀并不是寻求帮助的信号。托马斯·克莱因生无可恋，他的愿望就是以最保险的方式尽快离开这个世界。他对生命的恐惧必定比对死亡的恐惧大得多。

托马斯·克莱因自爆一周后，我收到了来自犯罪调查处的包裹。里面有一张便条和一小块黄铜物质，这块金属的某些部位已经熔化变黑：原来是一个Zippo打火机！上面刻着托马斯的名字。我读了这个在工作中常常与我们打交道的犯罪调查部人员写的字条，在标题"说明"下面他写道："附上的打火机是死者用以点燃自己的原始物品。致以亲切的问候，马丁。"

车轮之下

一位骑行邮递员在州际公路的斜坡下发现一具尸体。这可怕的一幕将他彻底摧毁，他不得不接受心理治疗，甚至在相当一段时间里无法工作。

死者看上去仿佛来自地狱：他浑身是血，破烂不堪的皮夹克挂在身上，牛仔裤几乎完全被撕烂，皮肤和衣服上留有火烧的痕迹。而且死者的脸、身体、膝盖和脚趾上都没有皮肤，骨头暴露在外。根据死者身上如此之多的伤害痕迹，我们可以毫无疑问地判断这不属于自然死亡。保护现场的警察和刑警火速赶到尸体发现地点。虽然最开始没有人能想象这个人是如何死亡的，但毫无疑问，这个案子是属于法医的。

我很少见到一个死者身上有那么多、那么严重而且不同的伤害。乍一看，你可能会认为这个男人（谢天谢地，还能分辨出是个男人）被切割轮、折弯机、圆锯或巨型刨床伤害过，同时被火焚烧。他的鞋和袜子不见了，脚看起来更像是沾满污垢的血淋淋的肉团，黑色的骨折碎片从脚趾中伸出。在破损的皮夹克下面，翻开的伤口像一个巨大的裂缝，露出和污物混合在一起的皮下脂肪。同样在脚部，有几个位置的皮肤被灼伤，碎石和沙子像弹药一样埋在其中。

"身体正面有一道很深的打磨伤，和道路污垢混在一起，"我用口述录音机记录下来，"胸部左侧和双脚伸肌侧有类似三度烧伤的热效应迹象。"

而最令邮递员和警察感到震惊的是该男子的面部和喉部：曾经的脸和脖子现在只剩下两个大黑洞。喉咙、气管和食道全部暴露出来。右颧骨下方的皮肤和脸颊组织已不存在，可以看到下颌和上颌。

"右颧骨暴露，数次骨折；部分磨损程度令人震惊。"

对于邮递员来说，这看起来似乎是一场残忍野蛮的谋杀，但我们还是很快掌握了造成这些损伤的原因。尸体多处损伤显示，该男子曾在一辆汽车或卡车底部，然后被全速行驶的车辆拖行了很长一段时间。

在我们对死者进行解剖的同时，犯罪痕迹鉴定师也在公路现场附近发现了残留的衣物和身体组织。幸运的是那天没有下雨，这对鉴定人员而言无疑是一个利好，沥青路面上干涸的血迹因此得以保留。法医人员用湿棉签蘸取路面上的血痕，以便在实验室进一步分析。在乡间小路上发现的衣物残骸经证实是该男子皮夹克的一部分。犯罪痕迹鉴定师还从一个完整的带拉链的内部口袋找到一只钱包，里面除了四十欧元纸币和硬币外，还有一张身份证和几张信用卡，持有人是博尔特拉姆·内勒。

即使死者的面容已不可辨认，无法和找到的身份证明文件做比对，但总有一条线索可以帮到我们。所有人都认定这名男子是在交通事故中丧生的，他很可能是一名徒步旅行者，因为现场附近没有发现因交通事故而被撞毁的摩托车或自行车。

除少数案例外,交通事故造成的伤害是受到"钝器"或所谓的"半锐器"撞击的结果。钝器伤是由钝器作用于人体造成的机械性损伤,如从高处跌落或用手、足进行攻击。介于钝器和锐器之间的被称为半锐器,也有人称之为"半钝器",不过这个名称比较罕见。半锐器暴力行为造成的损伤程度不及钝器,但通常也可致命。如果钝器施力(例如猛击或踢打)比较轻微,则被攻击处只会留下"血肿",即瘀伤。

大面积和多部位的损伤是钝器强烈冲击的结果,例如,撞在行驶中的卡车格栅上;被车辆卷入车底;被车辆撞飞;从十米甚至更高的空中坠落时,通常会对身体造成多种伤害。往往是多发伤、复合伤并存,表现为身体多部位损伤或不同类型的损伤,并涉及多个器官。如果心脏和肺等重要内脏破裂,伤者会立即死亡,或者在多发伤的作用下几分钟内死亡,即便医生立刻进行抢救也无济于事。在德国,造成多发伤最常见的原因是交通事故和高空坠落。

尸检过程中,我们从其面部、膝盖和脚部的擦伤情况判定受害者是从头到脚被拖行致死。未被完全破坏的表层皮肤的擦伤方向表明了这一点,这意味着死者被拖动时,其头部和上半身处于车辆前部的底盘下方。热效应的迹象显示出他被高速行驶的车辆在柏油路上拖行这一事实,这依据的是物理学"摩擦产生热量"的原理。这种伤害类似于三度烧伤。

现在我们将重点集中在该男子是否死于交通事故的问题上。当然也不能排除有人故意将他撞死。为了找出答案,我们不得不对自己提出更多问题:

行人是否在站立的姿势下被车辆撞击？当车辆驶近并撞向他时，他是否已经躺在路面上？或者是他先被汽车撞击，接着被抛出，然后卷入随后驶来的汽车车底并被拖行致死？

可能出现致命的人车碰撞的情况有三种：行人被行驶的车辆撞击、碾轧或拖拉。这些情况可以单独发生，也可以连续发生。

司法鉴定意义上的"碰撞"是指行人在站立的姿势被车辆撞击。在这种情况下，行人通常是撞在保险杠或挡泥板上，我们称之为"第一次撞击"。然后其上半身通常会撞到引擎盖，头部则大多碰到挡风玻璃。司机在瞬间的惊吓之后会立即刹车，在惯性作用之下，行人会以车辆顺行方向被弹至车体上方，继而摔至地面。

还有另外一种情况，那就是如果撞击行人的是卡车或轴距、保险杠和散热器盖较高的其他车辆，如越野车或皮卡车，行人往往会被卷入车底。

在受到一辆普通汽车撞击时，行人可能会遭受多种不同的伤害。首先是第一次撞击，其次是上面提到的头部撞在挡风玻璃上，再次是行人被抛出摔落在地面上。法医可以根据不同的伤害类型得出有价值的结论，帮助重建事故现场。

此外，在事故车辆上有时能采集到行人的衣物纤维。因此，对交通意外受害者的衣物进行鉴定尤其重要。可以检查在事故车辆上发现的纺织物纤维，以确定它们是否来自受害者的衣服。行人与汽车发生碰撞后，一些人体组织的痕迹也会留在车上，如血液、软组织或骨碎片等，这些可以通过

DNA进行比对。

行人的行进方向在进一步调查中也起着重要作用，而且还可能对以后的定罪和判决产生决定性影响。如果行人是从右边走到道路上，甚至从路边停放的汽车之间走出，那么行人和汽车之间的距离对于驾驶员来说要比从左边走出短得多，因为行人要首先走过对面的车道，这样驾驶员就有更多的时间来反应和刹车。不过，车速过高或酒精的影响也会导致驾驶员反应太迟。

所有这些因素都对交通致死事故的评估以及法庭判决起着至关重要的作用。法医学为能否排除其中的某一个因素提供了科学依据。

除了要对外套进行鉴别和判断之外，受害者的鞋子和鞋底也不容忽视。如果行人在街道上被车辆撞到，他的鞋底会和路面产生摩擦，出现鞋底磨损的痕迹，即鞋底的物理损坏（擦痕或划痕）。之所以出现这种情况，是因为当行人行走或站立时，鞋底与地面的接触最为牢固，可以说整个重力都在地面上。鞋底磨损对事故重建至关重要：

a) 如果鞋底存在磨损，则首先可以确定行人被撞击时并未躺倒，而是直立的姿势。

b) 如果两只鞋子的鞋底均有摩擦痕迹，则意味着行人在遭受撞击时双腿并未移动，是处于静止状态。如果是走路或奔跑状态，则只能在一只鞋底上发现擦痕，因为走路和跑步时只有一只脚与地面完全接触。

c）根据鞋底摩擦痕迹的走向可以判断行人是被车辆从前面还是后面撞击。

d）当车辆从侧面（身体的右侧或左侧）撞击行人时，鞋底摩擦痕迹是横向的（从左到右，反之亦然）。

由此可见，除了已经获得的调查结果之外，法医也非常重视对衣物，包括鞋子的鉴定，将之作为尸检的一部分。

我们排除了该男子被撞击的可能。尽管死者的上肢和小腿有严重的磨蚀性损伤，但我们在小腿骨骼上没有发现直立碰撞后造成的典型骨折模式。虽然其头部和躯干都显示有各种伤害，有的甚至是严重的伤害，但是与撞到发动机盖或挡风玻璃上的典型撞击伤害不符。此外，死者身上的擦痕显示，他曾在车下被拖行几百米，甚至是几公里。鉴于在死者身上没有发现主要的撞击伤，也就意味着当车辆撞到他时，他已经躺在公路上了。

这部分的分析结果直接将我们带到下一个问题：这个男人到底是被碾挫还是被碾轧的？

被"碾挫"时，车辆的车轮不会接触受害者的身体。在极少数情况下，被碾过的人只是受到惊吓，但完全没有受到伤害。如果受害者身材不高，而车辆轴距又大，有可能根本接触不到底盘。

而"碾轧"是指行人被压到车轮之下。从专业角度定义，是"机动车辆的一个或多个车轮轧过躺在路上的人的身体或四肢"。碾轧通常有迹可循，车轮碾轧人体时，车胎上凹凸不平的纹路与人体皮肤组织接触会留下轮胎印痕。

碾挫和碾轧通常比单纯的撞击对行人造成的伤害更严重，尤其是当受害者被拖到行驶的汽车底部时。从另一方面看，受害人与汽车的直接接触也常常会留下线索（轮胎图案、油污残留、油漆痕迹等），帮助调查人员查找肇事车辆和车主，并在此基础上锁定肇事司机。

在这起案例中，我们同样在死者尸体上检测到了车辆底部的油污痕迹。油污均匀分布于尸体背面，残留衣服上有，皮肤上也有。另一方面，我们发现摩擦痕迹仅存在于受害者的正面。腹部的擦伤、背部的污垢和油痕——种种迹象都明确显示该男子的尸体被拖至车下。由于在死者的皮肤和衣服残留物上没有发现轮胎印记，因此完全有理由相信他身体受到摩擦之前曾被剐到，但并未遭受碾轧。

但这一切是如何发生的？那个男人想结束自己的生命吗？他躺在公路中间，等待行驶的车辆碾过他的身体？他有足够的勇气吗？躺在坚硬、寒冷的公路上，高速行驶的汽车渐渐接近，可以感觉到沥青铺就的路面的震动，发动机的噪声越来越响，他就这样半是恐惧半是渴望地等待最后一刻的来临？他从未考虑过自己会不会立即死亡这一点和之后的残酷后果吗？

与机动车辆有关的自杀方式主要有两种。方式一：将一条软管从排气口引入汽车内部，启动发动机。如果内部足够密封，人们就会因一氧化碳或二氧化碳中毒而亡（使用内置式催化转化器）。方式二：万念俱灰的人高速驾驶汽车撞向某障碍物。第二种自杀方式的统计具有一定的模糊性，因为很难证明驾驶员在不刹车的情况下与障碍物的致命碰撞是疏忽所致还是有意为之。我们认为这种类型的自杀概率要比统计出来的数据或人们想象得高。根据法医学统计，在德国尚未发现有人横卧公路中央被行驶车辆撞击身亡的案例，不包括铁轨。在众多非自然死亡的交通事故和自杀尸检报告评估统计中，也未发现此类自杀事件。

很难相信死者会以这种方式自杀身亡。这起案件是否也存在他杀的可能？动作片中针对某特定目标精心设计的谋杀比比皆是，但这类案例在实际犯罪统计中鲜有记录。这当然不足为奇，因为这类案件总能引起公众的广泛关注，而根据证人的证词和搜集到的各种证据，疑犯通常会很快被锁定。而我们手上的案件如果属于凶杀，实际上仅存在以下两种可能：其一，凶手以其他方式杀死受害者之后，将其搬运到公路上。在这种情况下，凶手试图通过制造碾挫和碾轧的严重伤害来掩盖真实的死亡原因，并以此误导调查人员；其二，将昏迷的受害者放置于公路上（如被打昏或中毒的人），让他死于车祸（被碾挫或碾轧）。其目的都是意图掩盖先前的犯罪和谋杀的罪行。

因此，判断受害者在被车辆碾挫之前是否已经死亡也是我们的工作之一。也就是说，我们需要寻找死者的生命活力迹象，即生命迹象。明显的皮下血肿是受害者在被碾挫或碾轧时尚有生命体征的证据，表明心脏功能和血液循环仍然活跃。形成皮下血肿的前提条件是一颗跳动的心脏，心脏将血液输送到体内并维持正常的血压，所以带有血肿的尸体在事故发生前一定还没有死亡。如果被当场撞死或在死亡后才被撞，尸体上就不会发现明显的血肿。循环系统停止运转后，由于心脏不再跳动，血液循环和血压不再维持，就不会因受到伤害而出血，即使有，也只是非常轻微的出血。

在这起案例中，如果该男子为了自杀躺在公路上，或者在昏迷状态下被汽车撞倒在路上，在尚有生命体征时被拖行，那么我们就会发现他身体受伤部位有明显血肿。但是我们没有发现任何东西，无论是在其皮肤的摩擦伤还是在巨大的伤口上。而且我们在死者气管和支气管中均未检测到任何来自公路上的灰尘、沥青或废气颗粒。

另一个重要的生命体征是所谓的"血液误吸"。如果因交通事故导致颅底骨折的颅脑外伤，血液会自动从颅底流到鼻咽处，在具备呼吸功能的情况下通过气管吸入。吸入的血液最终会留在呼吸道深部，并在尸检时作为受害者在暴力发生时还活着的证据。尽管我们的死者因与车辆相撞而导致颅骨骨折，但我们在其气管、支气管和肺部均未发现吸入的血液。这清楚地表明该男子被汽车撞到时已经死亡。

但我们对他的死因依然一无所知。当然，自然死亡的情况也无法完全排除，即使可能性微乎其微。理论上，行人在走路时突发心脏病，心跳停止，随后被车撞击的可能性也存在。在这种情况下，必须由法医进行尸检，因为可以通过确定是否存在生命体征来保护司机免受错误的指控。但如果行人在走路时突然失去意识并立即被撞到，那么通过尸检证明司机无罪或轻罪就变得异常困难。如果行人只是暂时失去知觉，但仍然有生命体征，在被碾轧后死亡，在这种情况下，单单根据血肿或血液吸入之类的生命体征判断受害者在事故发生前仍然活着，死亡原因为交通事故，那就无法证明事故受害者曾经丧失过意识。

在我们朝这个方向思考之前，找到了关键的线索。尸检时，我们按惯例清洁死者头部，去除污垢和油脂，并剃去头部毛发。我们在死者头部背面发现三个间隔紧密但轮廓分明的圆形血肿，每个直径为一点五厘米。与其他伤口相反，这三个血肿都具有皮下出血的特征，证明受害者生前曾遭受撞击。从上至下排列的三个血肿之间均存在直径一到两厘米的条纹状出血痕迹。这个发现给在场所有的法医都敲响了警钟，因为伤口是每一位法医都非常熟悉的打击伤。对死者头部顶骨的检查证实了我们的怀疑：我们发现了三个所谓的"压迫式骨折"，这些孔状的裂痕只分布在局部，并非大面积的暴力伤害。颅骨后部三处压迫式骨折与先前鉴定的血肿形状相同，并且其直径也是一点五厘米。颅骨骨折之下尚残留的脑组织有明显的深红色出血痕迹。这些伤害清楚表明，躺在我们解剖台上的这个人是被"铅头短棍"击打致死的。

原始的铅头短棍是一个装满铁球或其他重物的布袋，它是为捕鱼而设计的。在某些国家和地区，铅头短棍仍然被用来作为击打鱼类头部的捕鱼工具。如今这种武器已在技术上加以改良，一般以金属材料制作，手柄则采用柔性钢，最长可达三十厘米，末端有一个乒乓球大小的金属球，一般是铅制的。由于金属球的打击作用和巨大的冲击力，使用铅头短棍会给人体造成极为严重的伤害，甚至伤及内部器官。如果用它攻击头部（如本案例），可能会导致颅骨骨折。依照武器法，铅头短棍作为危险的攻击性武器在德国是被法律禁止的。

躺在解剖台上的这个人被铅头短棍砸中头部导致颅骨骨折，死于颅脑外伤，然后在州际公路上被车辆撞到并拖行。现在调查人员要解答的是到底是谁杀害了该男子。我们作为法医的任务到此结束。根据尸检结果，警察可以清楚地了解博尔特拉姆·内勒去世前后发生的情况。

调查人员猜测，凶手在黑暗中将受害者带到一条静僻的公路上，伪造案发现场，以此误导警方，使现场看起来像是一起交通事故。在这类罪案中，凶手的意图是嫁祸给无辜的司机，令司机因过失致死罪被起诉。但是，与许多其他案件一样，本案的凶手显然不知道我们的法医学可以通过生命体征精准确定受害人在被车辆撞击时是否已经死亡，而验尸结果也总是能够清晰重现受害人在死亡期间和之后发生的事情。

根据尸检结果，该名男子被车拖行了几百米，所以弃尸现场离发现尸体的地方有一段距离。

干燥的天气再次为调查人员提供了便利。在距离邮递员发现尸体的几公里处，调查人员找到了死者的鞋子和被扯坏表带的手表。与此同时，DNA的比对结果也确定了死者正是三十二岁的博尔特拉姆·内勒。刑警在发现鞋子和尸体之间的路线上搜索，又找到了分别属于他牛仔裤和皮夹克的残留碎片。

内勒被拖行了九点五公里。在一般轿车事故中，受害人通常只会被拖行几米。只有当司机处于酗酒状态，感觉不到车下有人被拖行，或者他在惊慌失措之下继续前行，试图以此摆脱车底的受害人时，才会发生上述情况。

当受害者被夹在汽车底部拖行时，衣服被勾住的情况非常普遍，就像内勒一样。如果司机改变方向或路面极不平坦，受害者也许可以脱离车底。在此案中，紧贴在底盘下的内勒的衣服被勾住，经过近十公里的拖行才被撕裂。尸体脱离车底之后又在公路上被摔出几米，最后滚下斜坡，邮递员在那里发现了他。

根据受害人的犯罪记录和随后对相关人员的询问，调查人员很快就理清了博尔特拉姆·内勒遇害的线索。他是一个活跃的皮条客。在发现尸体附近的一个村庄里有一家妓院——如同德国众多坐落在公路旁的妓院一样。其地理位置对运营商和客户均具吸引力：对于客户而言是其隐蔽性；对运营商而言是其所在位置远离大都市，不会引起警察的注意。包括内勒在内的皮条客团伙在这里定期聚会，策划各种活动。通过对几名犯罪嫌疑人的盘问，调查人员不仅找到了涉嫌杀人的皮条圈成员，还发现了其中一名犯罪嫌疑人使用过的凶器。

内勒拖欠其他帮派成员的款项。为了逃避追债，他以这些帮派成员的黑料来要挟他们，其中包括一些调查机构从未掌握的罪证。警官在询问中得知，在发现尸体的前一天晚上，三个帮派成员来到内勒的公寓。为了能够"心平气和地交谈"，他们四个人一起开车到公路边上一个停车场，附近就是内勒被汽车撞击拖行的地方。据其中一位嫌疑人的供词，因意见无法统一，该帮派成员决定给内勒一个"狠狠的教训"，他们殴打了他。他本人也参与了殴打，但使用铅头短棍对内勒实施致命攻击的是团伙的头目。当三人意识到内勒已死时，他们将他的尸体放到了距离现场较远的公路上。

"警察肯定以为是司机撞死了他，他们不会注意到的。"一名帮派成员对他提出的方案颇为自信。

法庭上，三名暴徒得知我们法医没有上当受骗，因为最有可能发生的情况统统被考虑在内。该团伙头目曾因人身伤害、抢劫和敲诈勒索等多次被定罪，实施犯罪时正在接受缓刑，他以谋杀罪被判处无期徒刑，两名同伙也分别被控抢劫和人身伤害罪、人身伤害和协助教唆谋杀罪，被判七年和八年监禁。

而那位拖着内勒行驶数公里的汽车司机却始终未被找到。他不是凶手，内勒的死与他无关。也许他为了逃避责任追究在事发后逃逸；也有可能他当时还在逃亡的路上，不想因为该事件引起关注。

在我看来，最有可能的一种情况是：许多司机仍然认为车轮上的豪饮是一种骑士行为，也许这位司机血液中酒精浓度远高于正常值，他不想被抓到才不顾而去，或者根本没有察觉到颠簸不平并非路面的问题。当然，这只是一个猜测而已。

死亡纽扣

在桑拿浴室里，有一个死去的女人，她的胸口有刺伤，旁边是一个热水瓶。

问题：那里发生了什么？

回答：这名妇女被冰刀刺中，凶手将凶器放进了热水瓶，并将之带到桑拿浴室。冰柱随后融化，因此没有找到凶器。

在森林里，一个奄奄一息、装备齐全的潜水员悬挂在树枝上。

问题：他是怎么到达那里的？

回答：发生过一场森林大火，是用消防飞机扑灭的。飞机在附近的湖边加油时，其中一架的吸嘴吸住了潜水员，并在灭火后将他抛到了森林中。

不，这两个故事并非来自我的日常工作。是我从众多所谓的"黑色故事"中摘取的。黑色故事也被称为思维难题、谜题或悬疑案件，而且正如网上所说的那样，是"可能以种种方式发生的、令人毛骨悚然的、病态的、漆黑的故事"。也许您玩过相关的桌游：将一沓卡片正面朝上放在桌上，庄家取最上面一张牌并读出一个不完整故事,然后让玩家提出各种可能的问题,庄家在解答这些问题时只能回答"是"、"不是"或"与此无关"。在场的猜题人根据这些线索拼凑出故事的全貌。答案在卡片背面。有时候直到最后玩家都在黑暗中摸索,找不到答案……

即使在旅途中,这个游戏也大受欢迎。没有卡片,可以借助互联网。其中的乐趣在于玩家可以不断提出新的线索,能够充分发挥自己无边无际的想象力。

但我的工作不是游戏,而且研究人员和法医都不会按照游戏的套路来追踪死亡。不过作为法医工作者,我参与过的一起七十八岁猎人的案件则满足了黑色故事的两个主要标准:不寻常的情况和不可能的解决方案。

这是我们要解开的谜:

晚上,两个猎人一起走进森林。他们每人都有一辆狩猎用的猎车:一个和马车差不多大的可移动高脚小屋。里面配有一把椅子和几扇窗户。

两者的藏身处相距三百米,在另一个猎人的视线之外。七十八岁的奥托·瓦希特和五十五岁的于尔根·默滕斯事先约好了一个会合点,他们打算第二天早晨八点带着猎物会面。于尔根·默滕斯晚上听到两声枪响。第二天早晨,他的狩猎朋友奥托·瓦希特没有出现在集合地点。于尔根·默滕斯赶到他的猎车处,发现死去的奥托·瓦希特躺在那里。

这里发生了什么？

请猜一猜。

　　问题：猎人是否死于于尔根·默滕斯晚上听到的两声枪响？

　　回答："是"和"否"。

　　问题：这意味着部分是"是"，部分是"否"？

　　回答：是。

　　问题：两枪之中的一枪杀死了那个猎人？

　　回答：是。

　　警察和急诊医生赶到现场时，座位车旁的奥托·瓦希特已浸在血泊中。他胸部的衣服被血染成了黑红色，那个位置就是枪击的伤口。很明显，如果要重建昨晚的案发现场，法医的尸检是首要且关键的一环。

　　奥托·瓦希特的死亡地点距离拥有法医研究所的大城市很远，因此死者的尸体解剖不能在法医研究所进行，而是在警方为尸检租用的一个大厅里。

　　在大约十到十五年前，就连非常小的医院都拥有配备解剖室的病理科。但在德国大部分地区，只有一些较大的病理学机构或医疗机构才会进行病理学检验，而且检验结果通常由信使或以邮寄方式发送至方圆数百公里。造成的后果就是：在许多医院，验尸不再是业务的一部分，因为无法赚取利润，大多数医院也不再雇用病理学家，这就造成了大量空置的验尸大厅。当大城市以外的地方需要做死亡鉴定时，这些验尸大厅就派上用场了。派遣由两名法医（验尸人员）和一名部门助理组成的专门小组到事发现场（这被称为"外派部门"）要比将死者运送到数公里之外最近的法医部门更为经济有效，因为运送尸体的殡仪馆也会收取费用。另外，比起单纯通过刑警对尸体和事发现场的记录，法医亲赴现场更有机会获得精确的死亡情况。

问题：现场有枪吗？
回答：有。

由于在死者被运送到验尸处之前我们尚未被召唤，所以尸检前我们浏览了一下在犯罪现场拍摄的照片：

奥托·瓦希特呈仰卧姿势，双脚指向猎车，就好像他是被从车上推出来一样。在车里靠近转椅的地板上有一把枪，枪管从门口伸出。

武器是把"双管霰弹枪"，它是用于狩猎的复合枪，两个枪管上下排列。下面的枪管可以发射子弹，上面的枪管则用于装霰弹。经检查发现，下面的枪管曾发射过一枚口径为5/57的子弹，而上面的枪管中一枚口径为16/67.5的布雷耐克子弹还在那里。

双管霰弹枪和布雷耐克子弹的组合在这个地区应该是用来猎杀野猪的。在非洲大陆，这种武器和弹药用于狩猎大型猎物，如著名的"五巨头"：大象、狮子、犀牛、豹子和水牛。据说海明威也用过类似的武器和弹药。

> 问题：于尔根·默滕斯是否开枪打死了他的朋友，为了洗清自己的嫌疑，分别打电话给警察和急诊医生？
> 回答：不是。

警方的调查和证词并未显示出两个朋友之间存在紧张或对立关系。

> 问题：奥托·瓦希特是否在他的猎车中观察到一起谋杀或其他罪行，他向肇事者开枪，但因为失误，不幸击中了自己？
> 回答：不是。

进行体表检验时，我们首先仔细检查了尸体胸部左前方的子弹伤。伤口直径为三厘米，有明显的"折边（涡旋漏斗）状的伤口边缘干燥"。伤口一部分被黑灰色沉积物覆盖。这是武器发射时从枪管口中逸出的粉末烟晕。只有在武器的射入点距离目标不超过五十厘米的情况下，才能在伤处检测到它。如果枪口与身体之间距离较大，则皮肤和衣服上几乎不会留下火药痕迹。这说明凶手不可能远距离击中奥托·瓦希特，他无疑是被近距离射杀的。

铅弹射入口位于胸部左前，距脚踝上方一百二十六厘米。铅弹从身体后部脊柱右侧十厘米处穿出，高度为一百二十一厘米。 发射角度从左上到右下，以五度角稍向下倾斜。

弹道检查是法医学中一个重要组成部分，其结果可帮助刑警重构事故或犯罪过程。现场发生的各种情景都能根据弹道轨迹得以验证。

  问题：被击中时，奥托·瓦希特是否躺在猎车前？
  回答：否。

在我们看来，奥托·瓦希特是站立时中弹，身体向后倒地身亡。后来证明这个判断是正确的。

  问题：奥托·瓦希特是否被自己的步枪射杀？
  回答：是。

我们打开胸腹腔后，看到了由双管霰弹枪射击造成的一系列典型伤害：该男子的左肋第七根和胸骨的一部分被打碎，心包、右心室、冠状动脉、横膈膜、胃、肝、左肾脏和胰腺完全破裂。腹腔内有超过一升的积血。在胸腔中发现了肋骨和胸骨的碎片。

口径为 16/67.5 的霰弹枪对腹部和胸腔造成了极大伤害，由于失血过多和重要器官被破坏，通过医疗救助挽救伤者生命的概率微乎其微。

死亡原因：胸部－腹部贯穿伤，当场死亡。我们一位法医说，霰弹的威力足以杀死一头重达七吨的大象，更何况人类。

与狩猎有关的谋杀时有发生。我记得有一起案件，两名男子谋杀了一名四十四岁的猎人，为了获取他的猎枪以实施另一起犯罪。这里我们可以排除这种情况，因为武器仍留在现场。

问题：这是一起谋杀吗？
回答：不是。

除了奥托·瓦希特的指纹外，没有任何其他指纹。当然也不能排除凶手戴手套作案的可能。可是除了致命火器伤外，瓦希特身上没有其他暴力痕迹。如果有人接近猎人并以暴力手段试图从他手中抢走枪支，我们应该能够发现打斗的痕迹，故这种可能性也被排除。根据离现场只有三百米的默滕斯的证词，他在那个安静的夜晚没有听到求助声、打斗声和其他异常响动。

至于奥托·瓦希特被麻醉后枪杀的可能性，我们在尸检后也予以排除：经化学毒理检测，没有发现任何可能使死者失去行动能力或昏倒的酒精、毒品和药物。

问题：奥托·瓦希特是否想结束自己的生命？
回答：否。

调查人员没有认真考虑过自杀的可能性，因为太多的间接证据不支持自杀这一论断。自杀的人很少朝自己的胸口开枪。用霰弹枪或步枪自杀的人通常会躺或坐在地上向自己开枪，一九九四年涅槃乐队的歌手科特·柯本就是这样自杀的。

也存在极少数朝自己胸部开枪的案例，但自杀者会事先撩起毛衣或解开衬衫，这显然是基于他们认为衣服会阻碍子弹射入的错误认知。

根据奥托·瓦希特的器官和病史检查结果及其妻子提供的信息，都未发现任何自杀的动机。通常，患有晚期癌症或其他严重疾病，尤其是抑郁症的人会产生自杀的念头。奥托·瓦希特的确患有晚期动脉硬化症，我们在尸检时注意到他的心脏扩大，还发现了他心脏病术后留下的疤痕。但对于一位七十八岁的男性来说，这些疾病是很正常的，这个年龄段的人几乎百分之九十都患有类似疾病，这对他们来说并非不能承受，没有人会因此结束自己的生命。与死者一起狩猎的朋友和他妻子都说他是一个积极乐观、热爱生活的人。

通过解剖，我们发现了最为有力的环境证据。如前所述，子弹创口的烟晕痕迹排除了远距离射击的可能，同样也没有证据表明奥托·瓦希特在近距离中弹。

如果在发射时将武器直接顶住身体（在弹道学和法医学中，这叫"空白点"），粉末成分就会通过发射通道直接渗透到人体组织中，在皮肤上几乎不留痕迹。这也适用于十厘米之内的范围。但我们仅在奥托·瓦希特的皮肤表面，而不是组织中发现了粉末沉积物。子弹创口的性质表明枪的射击距离在四十厘米至六十厘米之间，这在弹道学中被称为"相对近距离射击"。鉴于步枪枪管的长度，在这样的距离下完全不可能自射，因为手臂的长度不够。如果是自射，那距离不应超过十厘米。

  问题：因此，如果不是谋杀和自杀，那是意外吗？
  回答：是。

  问题：步枪是否有缺陷？当猎人试图向野猪射击时，是否"适得其反"误伤了自己？
  回答：不是。

  枪支是一种制作工艺精良的高质量产品。统计数字表明，因使用猎枪造成的死亡几乎全是人为失误，而不是因为武器的缺陷。在动作片或卡通片中经常出现的经典镜头，如子弹从枪后射出或毫无预警的炸膛现象，现实中都是不存在的。

  相反，狩猎中的人为错误却并不罕见。在狩猎爱好者举办的活动中，致命事故时有发生，尤其是在装卸枪支或随意挥舞没关保险的枪械时。这类事故不一定总是射中自己，也经常造成狩猎伙伴或旁观者死亡。

  我记得一个猎人在枪保险开着的情况下不慎在雪地里滑倒，一枪击中了狩猎伙伴的头部。还有一次，一只不太驯服的猎狗追赶一只兔子，狗的皮带缠在猎人的腿上，猎人跌倒在地，意外触动扳机，击中一个狩猎伙伴的头部。

  但这里的情况有所不同，在枪管必须距离死者胸部至少四十厘米的前提下，奥托·瓦希特误撞扳机然后将枪抛开是完全不可能的。如果奥托·瓦希特由于射击距离和步枪长度而无法扣动扳机，那么因疏忽而开枪致死这个说法就无法成立。

问题：未击中猎人的另一枪是否与该事故有关？
回答：是。

于尔根·默滕斯在作证时声称他听到一前一后两声枪响。第一枪是从下部装子弹的枪管发射的，第二枪是在第一枪射出后约一分钟听到的，来自上部装霰弹的枪管，这一枪杀死了猎人。

距猎车约五十米处一块颠簸不平的草地引起了技术人员的注意。子弹将这块草地的沙土翻起，在几米开外的一棵树下，赫然躺着一枚子弹！它的口径是 5/57，恰好与猎枪下部枪管中的子弹型号匹配。

这表明奥托·瓦希特在夜间曾经开枪射击过什么东西，也许是一只野猪，但没有打中。

问题：他后来做了什么？

在"黑色故事"猜谜游戏中，这是一个被禁止提问的问题，因为你不能用是或否回答。但在我们的案例中，一个执着的犯罪学专家的自问自答使我们获得了决定性的线索，不过是通过另一个中间问题：

问题：如果猎车中的猎人在黑暗中不能确定自己是否击中了目标，他通常会怎么做？

回答：他下车看了看。

但是他显然没有走太远，毕竟，发现死者的位置就在猎车旁。

问题：为什么枪仍在猎车里，紧挨着扶手椅？

欢迎您继续猜测。但调查人员却不允许猜测。他们回到犯罪现场，更确切地说是回到发现尸体的现场，调查上述问题。犯罪学家仔细研究了猎车中的露营椅。他细致的观察终于得到了回报。

坐垫是用塑料纽扣固定在椅子上的。其中一枚纽扣从坐垫上突出来。这提供了一个新的论点，即使可能性很小：

问题：武器的扳机是否被纽扣勾住了？

回答：是。

调查人员将枪放在椅子上重建了现场。从子弹的高度以及扳机和椅子坐垫的位置推演出这种情况极有可能发生。

问题：坐垫上缝扣子的细线是否坚韧，足以克服霰弹枪触发的阻力并完成射击？

回答：是。

刑事技术警察经调查发现，如果要射出一枚子弹，至少需要二十三牛顿的力来克服扳机阻力；而致命的霰弹枪发射则需要二十八牛顿的力。纽扣的线断裂前能承受多少阻力？技术人员对此进行了测试，结果是二十八牛顿以上。

根据以上这些线索，我们法医提出了解谜思路：

奥托·瓦希特在一枪射偏之后，将步枪放在转椅上，打算走出猎车。武器的扳机正好放在松动的坐垫纽扣上。他走下车时，小心翼翼地抓住开着保险的霰弹枪枪管，将枪朝自己的方向拉。因为扳机被纽扣勾住，奥托·瓦希特更加用力地拉动枪管，于是缝纽扣的线克服了扳机阻力，从而触发了致命的一击。

射击时步枪在椅子上，猎人站在下面，这与我们在尸检过程中发现的稍微向下倾斜的弹道成五度角相吻合。子弹从一百三十厘米高的椅子座位上射入猎人胸部，高度为一百二十六厘米，并在高度为一百二十一厘米的背部贯穿而出。

当调查人员将研究结果告知我时，我禁不住摇头。这是因坐垫的纽扣松动而导致的死亡，如此匪夷所思的致命事故！最重要的是，在此案的调查过程中，犯罪学专家一丝不苟的态度给我留下了深刻的印象。没有他们，事件的真相将会被永远掩盖。另一方面，法医检查虽然只是一个参考标准，但是如果没有尸检结果，调查人员则免不了在诸多错误的方向反复进行尝试。这个案例再一次提醒我，即使是常规的尸检也务必严谨仔细。只有这样，法医才能够为调查人员提供必需的事实，以排除或确认犯罪场景。

作为一名法医，类似的恶性事故我已司空见惯，只不过这起案件更富有悬疑意味。其实我更关心的是导致这种意外的因素，即为何会发生这样的死亡事故。

正如我前面提到的，由狩猎武器造成的死亡案件并不罕见，特别是业余狩猎者们。德国一家大型法医研究所进行过一项调查，对四十九例与狩猎武器有关的死亡事件进行了综合调查，发现其中十三起是杀人和事故，二十三起是自杀。

我并不是在否认猎人这一职业。当然，为了维持森林物种的丰富性和保护健康的野生动物，进行适当的狩猎是必需的，专业猎人维持着我们当地的生态环境平衡。虽然并非每个业余猎人都对同伴具有潜在威胁，但因枪支使用不当造成的死亡又促使我不断思考。

说到狩猎，我本人永远无法理解它究竟有着一种怎样的特殊魅力，可以让那么多人在风吹雨淋的恶劣天气下，在漆黑的夜里坐在高座椅上，或藏在猎车中等待随便一只什么动物，然后将其猎杀。

极度的孤独和单调的等待导致了第二个问题：酒精。在我关于"枪声"的法律医学讲座中总能看到几个惊讶的面孔：酒和致命的枪支？这似乎并不太搭。我通常会简要解释一下，猎人整夜坐在黑暗中，不说话，不能听音乐，也不能打开灯读书，必定无聊至极，因为这些举动都会把动物吓跑。对于某些人来说，一两瓶啤酒、一瓶葡萄酒或时不时饮一口烈性酒就会成为打发时间的方法。

狩猎中允许饮酒吗？很可惜，答案是肯定的。即使有几起狩猎事故可以归结于猎人酗酒所致，但在德国狩猎期间仍不禁酒，只要证明狩猎许可证的所有者并无酒精依赖即可。在醉酒状态下骑自行车可能会失去驾照，但立法者对使用高度危险的枪支的酗酒者却丝毫不感到恐惧。

批评归批评，我想再次强调，并非所有的狩猎事故都是不负责任的行为造成的。二〇〇八年十月在柏林附近发生了一起悲惨的死亡事件：由于野猪经常破坏玉米田，造成巨大损失，猎人们进行了一次猎杀野猪的行动。一位猎人击中一只公猪，然后与一位狩猎同伴一起向它走近。但是野猪并没有死，它扑到猎人同伴身上。野猪长达三十厘米的獠牙刺入同伴的大腿，伤害了血管厚度为一厘米的股动脉，该人在几分钟之后因失血过多身亡。

赤裸的真相

圣诞节前，退休的伊尔斯·伯格海姆一大早就出来遛狗。她将再次孤独地度过这个节日，也许儿子会打电话来问候，邻居会按门铃问候，此外不会发生太多事情。就像圣诞节前第一次和第二次基督降临一样，冷冷清清。达克尔是唯一有时间陪伴她的活物。像往常一样，她去面包店给它买一个面包。阴冷、灰暗、迷蒙的天气亦如往常，伊尔斯·伯格海姆感到关节阵阵疼痛。她通常在超市开门后顺便去购物：拐角处的埃迪卡超市永远摆着一样的商品，她也总是走同一条道路。她走过自己居住的丑陋的灰色保障房，走过被涂抹得肮脏不堪的车库，经过邮局，再穿过十字路口。一如往常，她的目光在游乐场上徘徊。从废弃的秋千到跷跷板，再到沙坑，因为除了这些，再没有其他东西可看了。一如平常，天天如此。孩子们很少在这里玩，沙坑变成了狗儿们的厕所。

伊尔斯·伯格海姆的目光转向别处，因为凭她的经验，今天的一切都像平时一样无聊。

但是突然之间，她的狗开始大声狂吠，这种情况很少见，她转过身想弄清是什么让它如此兴奋。她看到的画面将她从昏昏欲睡的状态惊醒，禁不住后退几步。

沙坑中间有一个裸体男人。几乎赤裸。他的裤子和内裤脱到脚踝处，左手放在腹部，右手从沙子里探出来。男人一部分身体被沙子覆盖，一只脚上还穿着白色的网球袜，而另一只袜子在几米远的沙堆上。两只鞋子也一样。还有一件夹克和两件运动衫，零散地分布在游乐场上。

他在睡觉？在如此寒冷的天气里？

也许他喝醉了？

伯格海姆女士小心翼翼地靠近那个男人，用脚轻轻碰他。没有回应。没有生命迹象。她没有手机，只好喊有手机的路人帮忙。

大约十分钟后，警察赶到现场，首先到达的是一辆载有两名警官的巡逻车，然后是一辆救护车和一个消防队。两位急诊医生能做的唯有确认该男子已死亡。死者身体已出现尸斑，从外表判断，年龄在四十到五十岁之间。

在巡警看来，这里的一切看上去就像是犯罪现场，在如此寒冷的环境下，一个男人赤裸裸地躺在游乐场，他是来这里睡觉，还是另有所图？

一切皆有可能：突然袭击、同性恋性犯罪、抢劫杀人等。

刑警赶到时，巡警仍在游乐场上封锁警戒线。最初连刑警也无法弄清楚这里发生了什么，所以他们预设了不同的场景。这看起来极有可能是一起虐杀案，也许这个男人在生前或死后曾受过性侵。然而类似的案子我还从未听说过，一位四十岁左右的男子在寒冷的游乐场受到性虐待并惨遭杀害，毕竟匪夷所思。同样令人困惑的是凶手为何将受害者的衣服脱掉。这暗示着某种惩罚吗？是对一个曾经虐待过他人的惯犯实施的所谓正义的惩罚吗？又或者是心理变态者所为？

警官在首次检查尸体时没有发现任何外伤。如果是抢劫杀人，死者身上应该有受伤的痕迹。此外，凶手为何在行凶之后脱掉了受害者的衣服？是寻找死者藏在身上的零钱或贵重物品？还是以此来隐藏其真正的作案动机，试图误导警方的调查方向？

毕竟在实施完犯罪之后，肇事者在现场每多停留一秒钟都有可能增加被目击者看到或被证人指证的风险。裤子和夹克的口袋没有向外翻出，这不符合仓促抢劫的特点。衣服虽然散落在沙坑上，但完好无损。此外，死者口袋里还发现了二十五欧元现金。

一小群人慢慢聚拢过来，在警戒线外好奇地观看调查人员工作。其中一名男子突然对刑事调查员说："那是埃贡！"据该男子报告，躺在沙坑中的死者是他的伴侣埃贡·吉勒特。附近其他一些居民也确认死者为埃贡·吉勒特。他们有个共同点，都是酒鬼。

埃贡·吉勒特，四十一岁，失业，住在附近的高层公寓中。很显然，他有酒精依赖症，现场那群围观的人都是他的酒友。但是他们中没有任何人知道吉勒特是否和某人有过节，也不清楚他以前和谁发生过肢体冲突，在场证人也都没有在事发前的晚上或夜里见过他。

凶杀组的专员来到现场，他们很快发现了这个案件的疑点，但更明确的判断要等到尸检之后。

我用手指用力按压尸体上淡红色的尸斑，尸斑在短时间内消失，这证明尸体尚未完全僵硬。首先引起我注意的是两个肘部伸肌侧和右膝盖上暗紫色的斑痕，这些暗紫色的斑痕界限清晰，明显与周围的皮肤区分开来，用手指按压斑痕也不消失。这种斑痕有时看起来像猩红热样红斑，通常分布在较大的关节如膝盖或肘部的外侧，在法医学中被称为"冷冻斑"，因为它们暗示死者很可能在死前处于寒冷的环境下。出现这种反应并不奇怪，因为晚上的温度有零下十摄氏度。几乎百分之九十因体温过低而亡的人在膝盖或肘部都有这种冷冻斑。尸体上淡红色（通常是蓝紫色或蓝灰色）的尸斑也是低温症的典型特征。

那么这是否能证明埃贡·吉勒特是被冻死的？还不能。我们无法通过尸体解剖、毒理学分析或其他检查方法来确定被害者是否死于低温。作为法医，只能将所有其他可能的死因都排除之后，才能确定某人是否冻死。这种方法就是"排除诊断"。

当然，诊断还要依据其他标准。对案发现场的精细检查非常必要，那里的环境温度和风况也起着至关重要的作用。

对于沙坑中的死者我还有一个发现：死者虽然躺在解剖台上，但其尸僵程度依然不完全。触及他的手臂和腿部，发现其关节稍有反应，因此我判断尸体尚未变硬。这说明吉勒特死去的时间不可能太久，因为尸僵的形成只需要短短几个小时。

痕迹鉴定的同事在现场使用专用温度计测量了死者的直肠温度：二十三度。他们根据尸体温度判断，埃贡·吉勒特的死亡时间要早得多。

温度法的原理是这样的：死者的体温在死亡后前三个小时内保持在三十七摄氏度左右，随后每小时降低一摄氏度。因此，如果已知环境温度，则可使用直肠温度计简单地计算出死亡的大致时间。于是该死者的死亡时间为：37（平均体温）＋3（不改变温度的小时数）−23（死者体温的度数）＝17（死亡的小时数）。

乍一看，这与尸体的僵硬程度并不吻合。根据温度计算法，加上尸体被运送到我们解剖室的时间，死者在二十一小时前已经死亡。经过这么长一段时间，依据尸僵理论，死者的关节应该完全僵硬才对，而且尸斑经手指按压能够消失似乎也讲不通。死亡后十二到十四个小时，尸斑固化，不会再发生变化。

这种明显的悖论表明我们正在处理一个已知的特殊情况——冻死的现象。在这种情况下，参数会发生变化：在低温环境中，由于身体不断冷却，人的体温在生前就下降到三十七摄氏度以下。体温降到约二十五度时可导致死亡，因为它会造成不可逆的心律不齐（"心室纤颤"）。温度法计算死亡时长的依据是初始体温。体温降低十二度，意味着死亡时间是十二小时以前；而埃贡·吉勒特是在体温约二十五度时被冻死的，此后才开始形成尸斑和尸僵。尸检时他的体温已降至二十三度，根据上述公式计算，他死了五个小时，而不是十七个小时。这也解释了为何用手指按压尸斑会消失，以及尚未完全形成的尸僵现象。

医生将体温低于三十五摄氏度的情况定义为"体温过低"。如果有人死于体温过低，法医鉴定会这样写：

"死亡原因：体温过低。"

或者，

"冻死。"

综上所述，真正的死亡原因是体温过低引起的心律不齐。体温过低会诱发其他多种负面因素，从而加速死亡：死者生前存在的基础病、行动不便导致的缺乏维持健康所需的热量、体质不佳、长期的身体负荷、慢性营养不良、穿潮湿的衣服，尤其是大量饮酒。儿童比成年人的风险更大，因为以体重为参照，儿童的体表面积比成年人大，散发体热也更多。

从摄氏三十五度开始，人体的热量供应不足，新陈代谢停止，血液增稠，并可能形成血栓（血凝块）。低温导致呼吸和脉搏的速度减慢、血压降低。当体温降到约三十二度时，人的意识开始受限，但不会失去知觉或陷入昏迷，只是感到寒冷。如果体温继续降到三十二度以下，脉搏速度就会变得更慢，血压也将进一步下降，从那一刻起，意识就会变得模糊。

矛盾的是，体温过低的人却会产生温暖的感觉，这是大脑复杂系统释放的不同信息（"神经递质"）导致的。体温过低常常会使中枢麻痹，意识减弱，从而失去方向感，无法控制。当体温下降到二十五度左右时会导致心室纤颤，最终心跳慢慢停止，进而死亡。

低温导致的死亡案例几乎都发生在十一月至二月的寒冷季节，其中的原因显而易见。大部分受害者是无家可归的人，他们在户外过夜；还有一些冬季运动爱好者，因为着装错误或在疲惫和醉酒的状态下滑雪或爬山而冻死。然而令很多人感到困惑的是，即使在环境温度超过十摄氏度的情况下，低温导致的死亡也会发生。我就知道一些属于社会弱势群体的人会在零度以上的温度下冻死家中，他们要么因经济条件所限没有能力给房屋供暖，要么因为未能按期付账单给供暖公司被停了暖气。人只会在零度以下的环境中被冻死的假设是错误的。据统计，在德国死于体温过低的人中，几乎有一半是在没有供暖的公寓里被发现的。

解剖台上的这个男人冻死在零下十度的室外沙坑中。当我们切开他的腹壁，一股"强烈，芳香，酷似酒精"的气味扑鼻而来，正如我在备忘录中描述的那样。"芳香"这一术语是对可疑酒精气味（类似于发酵水果的甜味）的描述，虽然食用酒精（乙醇）在有机化学中并不属于"芳香化合物"，但这个定义在法医学中却很普遍。我切开死者的胃，胃里同样散发出强烈的芳香气味，我发现了因体温过低而导致死亡的征象：多处胃黏膜上布满豹皮状的黑色斑点，直径在零点二至零点六厘米之间。这是所谓的"维斯涅夫斯基斑"的典型表现，冻死时胃黏膜出现血斑是俄罗斯法医维斯涅夫斯基发现的，故以其名字命名。这些斑点是由于体温过低导致血液在体内循环变慢产生的，除了会形成血栓，红色的血红蛋白也沉积在胃黏膜的血管中。人死后，在胃液中盐酸的作用下，胃黏膜具有"自家消化"功能（"自家消化"一词仅用于专业领域）。对于体温过低的人，沉积在胃黏膜血管中的血红蛋白会被额外消化，从而变黑并形成上述的维斯涅夫斯基斑。若胃黏膜坏死脱落，则形成急性浅溃疡，均发生在出血点表面，大小不等。十二指肠、回肠及结肠也可发生同样性质的出血或溃疡。

在进一步的病理检验中，我们在吉勒特的尸体里验出了脂肪肝，这是长年大量饮酒的征象。

尸检结束前，我们从毒理学实验室拿到了吉勒特血液里的酒精分析结果：1.89‰，这不仅解释了为什么在打开腹腔和胃部后会从尸体中散发出芳香的气味，而且还清楚地表明吉勒特死于体温过低时已经处于醉酒状态。由于死亡后肝脏不会进一步分解血液中的酒精，因此实验室中发现的血液酒精浓度与死亡时的血液酒精浓度一致。除脂肪肝外，其他内部器官经检查均未发现任何可能造成死亡的病理变化。我们因此得出结论，死因是"体温过低与酒精过量"。

但是，究竟是什么原因导致吉勒特几乎全身赤裸？而且如果没有其他人在现场，他是怎样把衣服乱扔在各处的？显而易见，"他的血液中酒精含量很高"的判断只是真相的一部分。

在冻死的案例中，酒精作为催化剂的情况并不少见。大多数受害者在死亡时都受到了酒精的影响，甚至有些死者血液中的酒精浓度会达到千分之二至千分之三。酒精绝对是体温过低死亡的一个最重要的致命因素。

酒精作为冷冻过程的促进剂又是如何发生作用的呢？

借助位于下丘脑（自主神经系统的控制中心）和大脑边缘系统中的热量调节中心，人体可以保持大约三十七摄氏度的恒定体温。这种热量调节不仅控制热量的产生，而且还控制热量的保持。酒精实际上是在散发热量而不是吸收热量。大多数并不沉溺于酒精的人可能都有过这样的经历：在滑雪度假小屋中小酌几口杜松子酒，可以获得一种温暖舒适的感觉。酒精会扩张皮肤中的血管，从而增加皮肤的血液流动，令人产生温暖的幻觉。在较高的浓度下，酒精还会改变大脑中热量调节中心对外界温度的感知。几杯杜松子酒下肚之后，寒冷的感觉顿时消失。从医学角度来看，这种现象被称为"神经毒性"作用。此外，如果血液中酒精浓度超过千分之一，酒精则具有扩张血管的作用，会加速身体热量的散失。如果继续摄入酒精，热量会更快地被释放到外部，更迅速地从外部吸收周围的寒冷，加快人体的冷却速度。同样，随着血液酒精浓度的升高，不仅温度的感知受到干扰，精神功能也会受到限制。因此，冻伤的人不会通过运动驱除寒冷，或尽快进入温暖的环境等。众所周知，酒精具有止痛作用，在人类文化中一直被用作最古老的麻醉剂。在酒精的作用下，人们对手指和脚趾的冰冷感觉会变得迟钝。所有这些因素都会导致醉酒的人比不醉酒的人更容易被冻死。

* * *

  说到这里,请允许我插入一个简短的题外话。作为重金属摇滚的歌迷,我无法回避一九八〇年二月十九日去世的澳大利亚重金属摇滚乐队"AC/DC"的传奇歌手邦·斯科特的死亡。伦敦国王学院医院出具的死亡证明书显示其死因是"酒精中毒"。但数十年来,他的粉丝却认定他是因为呕吐窒息而死。

  您可能知道这个故事。斯科特死前的那个晚上气温大约三摄氏度,他和他的朋友阿雷斯特·金尼尔在伦敦卡姆登镇的一家音乐酒吧里饮酒。凌晨时分,阿雷斯特·金尼尔开着他的雷诺车送斯科特回家。因为邦·斯科特在汽车后座上睡着了,金尼尔只好载着他来到自己位于伦敦南部的家,他想把斯科特抱出来让他在公寓的沙发上睡觉,但他发现斯科特身重如铅,他根本无法把熟睡的斯科特抱出汽车,无奈只好将他留在车上,并向后调整了座椅的靠背,使斯科特尽可能平躺。他还在仪表板上贴了一张写着他地址和电话号码的便条,然后回屋睡觉。

  经过六个小时的睡眠,大约上午十一点,金尼尔被一个按门铃的朋友叫醒。金尼尔步履依然踉跄,他求朋友去他车里看一下邦·斯科特是否仍睡在那里。朋友回来告知,邦不在车里。金尼尔放下心来,他认为斯科特已经清醒过来,独自回家了,于是爬回床上继续睡觉。

  当天晚上当金尼尔走进自己的车时,经历了人生中最为震惊的一刻:邦·斯科特仍在车里,就像他前一天晚上离开时一样。那位朋友不是声称邦·斯科特不在车里吗？是因为前一天晚上金尼尔将座椅调整成平躺才被忽略的吗？或者是朋友看错车了？金尼尔打开车门，他发现邦·斯科特已停止呼吸，他的困惑变成了恐惧。

对于像邦·斯科特这样的酗酒者，死于酒精中毒（正如他的死亡证明上标注的"死于饮酒"）是不可能的。邦·斯科特在三摄氏度的温度下睡在金尼尔的汽车里，醉酒的他只穿着T恤和牛仔夹克，而不是防寒服。考虑到所有这些事实，我相信邦·斯科特是冻死的。

现在让我们回到为什么退休女士看到埃贡·吉勒特几乎没穿衣服的问题。

"没有暴力与暴力联合致死迹象。"

我在备忘录中这样写道。埃贡·吉勒特没有遭受殴打和性虐待，不是被谋杀。他在醉酒状态下仍与女友或男友在游乐场上脱光衣服，在零下的寒冷环境里度过了一个舒适的激情之夜，这一想法实在是太荒谬了，荒谬到大可忽略。但是埃贡·吉勒特毕竟还是自己脱掉了衣服。为什么？

正如前面提到的那样，1.89‰的酒精浓度只是死因的一部分，而另一部分呢？

这个案例对于缺乏经验的调查人员而言似乎是一个谜，

实际上各种明显的迹象都表明吉勒特死于低温，此外再无其他疑点。所有法医都见过这样一种情况，即冻死的人会在失去知觉前脱掉自己的衣服。这就是所谓的"反常脱衣现象"，也被称为"失温症"，它源于上面提到的温暖感：因为冻死者产生了热的感觉，所以他会做出正常人对热的反应，在条件允许的情况下，他会脱掉自己的衣服。如果发现尸体的地方警官不熟悉这种现象，那么根据死者是赤裸的（"尸体躺在公园里"）这一事实，通常会将之看作生前遭受过性侵犯的迹象，调查可能会朝错误的方向进行。

反常脱衣和醉酒后被冻死的现象都并非罕见。在德国，所有冻死的人中有一半以上在死前脱掉了自己的衣服。

我还记得有一个七十八岁的退休人士的案例。他在冬天被发现死在花园里，而且完全没有穿衣服。他从一家酒吧大醉回家，在屋子附近丢了钥匙。草坪上的痕迹显示他一直在寻找钥匙，直到在寒冷和酒精的双重影响下，身体产生了自相矛盾的温暖感。最后他把鞋子、裤子、夹克、外套和帽子全部脱掉，冻死在了花园里。

我的同事给我讲述过一起他经手的奇怪案件。一个深冬，两名身受重伤、无家可归的人被发现浑身赤裸死在鲁尔区的一个公园里，他们的衣服散落在公园各处。警方最初怀疑（与我们的案件相似）这是一起残忍的强奸案，是尸检为真相提供了决定性的线索：两个无家可归的人在廉价酒馆饮酒之后从附近经过。当他们到达公园时，发生了争吵，争吵随后演变成了激烈的斗殴。根据法医的现场重建，他们身上的擦伤、肿胀、鼻骨骨折和撕裂伤都不是第三者所为，而是他们互殴所致。经历疲惫不堪的殴斗，被酒精麻醉的两个人在狂躁状态下产生了一种反常的热感，他们脱下衣服，冻僵在了公园里。

如果人们在这种情况下被冻死，那么主要责任在自己，第三方并未施加影响。他们是冻死，而不是"被冻死的"。

然而，体温过低导致的死亡虽然并非人为造成，有时也会有人承担刑事责任，尤其是在温度很低的户外或在寒冷的房间里抛弃无助的人时。例如，如果埃贡·吉勒特的酒友在冰冷的游乐场上将处于极度醉酒状态、基本没有自救能力的他单独留在那里，就可能会因未能提供帮助或弃之不顾而受到惩罚。根据《德国刑法典》第323c条关于不实施救助罪的规定：

"在意外事故、公共危机或灾变时，对于有救助必要之人，依当时情况又有可能，特别是对于自己并无显著之危险，且不致违反其他重要义务而不为救助者，处一年以下自由刑或处罚金。"

第二百二十一条遗弃罪规定：

"遗弃他人，有下列情形的：1.使被遗弃人处于无助状态；2.使应监护或有义务帮助之人处于无助状态，致被遗弃人死亡或严重损害健康危险的处三个月以上五年以下自由刑。"

上述在零下十摄氏度的儿童游乐场反常脱衣和无家可归者在寒冷中互殴并脱掉衣服的现象对很多人而言是如此怪诞,他们纷纷摇头,甚至面带诡异的笑。但当您对现代医学关于体温过低和冻死的知识有所了解时,就笑不出来了。

众所周知,纳粹对集中营的囚犯进行了人体医学实验,特别是在达豪和奥斯维辛集中营。陆军和空军医务人员发现动物实验无法得到他们想要的结果。他们的任务是为海军陆战队员和飞行员研发出可承受北冰洋和波罗的海水域的极端环境温度的新型救生服,于是由德国航空研究所精心策划,在德国国防军党卫队的"赞助"下,他们开始用人体进行实验。负责人是大屠杀的策划者之一,党卫队队长海因里希·希姆莱。

在这些实验中,他们让囚犯穿着飞行员制服在冰水中游泳,通过心电图记录其心脏功能,并测量其直肠温度。在冰冷的冬夜,集中营的囚犯被捆绑裸卧在地面上数小时,并定期用冷水淋浴,以研究水对冻伤的促进作用;另一些囚犯则交替地用冰水和沸水淋浴。纳粹连儿童和婴儿都不放过。毫无疑问,这些都是虐待狂的野蛮酷刑。希特勒对这些医疗酷刑的看法是:"如果原则上是为国家服务,那就是可以容忍的。"

他们从未考虑过受害者的痛苦。从纽伦堡审判的档案中可以看到,集中营的医生最终不得不给受害者使用麻醉剂——他们以前出于成本考虑没有这样做——因为痛苦的惨叫声如此之大,以至于营地周围村庄的人们都能听到,引起了不必要的关注。

遗憾的是,这些实验并没有被视作过往的野蛮行为,这与我们其实并非毫无关系。因为这些实验结果在现代医学中无处不在。这是如此荒谬——原谅我实在找不到更合适的词语来形容它:当代大学生医学书籍中有关体温调节和冻伤死亡的许多医学知识,包括我们作为法医所掌握的关于低温症的知识,都起源于集中营的人体实验。

合二为一的调查

法医尸检报告是每个刑事死亡调查程序的一部分，如果是非自然死亡或疑似非自然死亡，尸检就是必不可少的一环。本章我将为您详细介绍尸检过程，相比以前的粗略认识，您可以对我的工作流程有一个全面的了解。以下内容摘录自一份真实报告，因法律和隐私等原因已做匿名处理。这是我受托调查的一个案例。

尸检报告

××法医学研究所
××××年××月××日

鉴定医生：

1. 米夏埃尔·索克斯教授

2. ××博士

3. ××女士 助手

进行尸体解剖

以下为尸检结果，这些结果最初被记录在声音载体上。

A. 尸表检查

1. 双眼睁开。眼球肿胀，角膜混浊，结膜似脱落，苍白，不可做进一步鉴定。

2. 头和颈部（包括面部和头皮）整个表皮（现存部分）腐烂，呈灰绿色，软化并易脱落。

3. 鼻尖和鼻梁区域皮肤和软组织结构缺失，鼻骨和鼻中隔暴露。

4. 右下颌角部位少部分皮下组织暴露。左颊下颌下颚肌肉暴露。左上象限牙齿缺失。

5. 右耳廓完好无损。两个耳垂均为附着耳垂，未发现曾佩戴耳环的痕迹。

6. 左耳垂外部见粗糙锯齿状表皮缺陷，无皮下出血，表皮缺陷处软组织呈淡绿色，令人印象深刻（这种缺陷极似死后被动物啃咬的痕迹）。无耳洞。

7. 上颌骨齿列完好。右下颌第一切牙缺失，相应牙窝空虚。左下象限牙列完整。有关牙齿状态请参见《B.体内检查》。

8. 下颌皮肤仍可见黑褐色至深褐色胡须残楂（最长0.2cm）。

9. 颈部皮肤组织断端呈尸蜡化。

10. 颈部存留16cm长深色毛发，判断是棕色头发，易拔。

11. 颈部部分伤口边缘相对光滑，部分（因尸体腐烂变化，可评估性有限）可见长达0.5cm宽的干燥损伤带（损伤区），颈部暴露部位未发现皮下出血。

12. 枕部伤口边缘区域和项部与颈部的切口处零星可见较小的贻贝（留证）。

13. 外耳道中发现粗糙沙粒或砾石样黑褐色颗粒物质（物质被留证）。

作为一个对法医学感兴趣的外行，您了解到什么了吗？您如何看待这个人的死亡？您一定注意到了：它只是一个头。原因很简单，并且很吓人——我们只找到了这颗人头！

那是一个星期天，晴朗的秋日下午，几个在易北河畔散步的人发现了这颗头颅。这对于在田园诗般美丽的河边欣赏风景和呼吸新鲜空气的人而言，一定是个毛骨悚然的经历，而且他们可能从来没有目睹过死尸。即便是我们，在看到解剖台上的头颅时，也感觉此事绝非平常。

腐败破坏了面部轮廓，我们只能通过胡楂来确定它属于一个男性。大部分头发已经脱落，因此无法准确判断其长度，对头发的颜色也只能推测。此外，水还腐化了头部的皮肤，使面部皮肤变成橡胶状的灰色物质。玻璃状、几乎没有瞳孔的眼睛从眼洞中凸出来，角膜混浊，毫无光泽。贝类生物已在颈部分离处附着生长。鱼和其他海洋动物咬掉了一只耳朵上的一些组织。随着腐烂的加剧，左侧颌骨的肌肉和白齿暴露在外，嘴巴扭曲，无异于魔鬼的面孔。

这颗头颅是从一具尸体上被截肢的吗？

是的。根据一些联邦州的埋葬法，没有生命的人的身体部位被视为尸体，如头部或无头的躯干。其他器官或四肢，如手臂或腿则被认为是"身体部位",出于医学原因通过外科手术将其切除或截断,这种情况被称为"截肢"。每当发现无头尸体时,便会涉及刑事案件,会立即报告给警察、检察官和法医,因为残缺的尸体就意味着非自然死亡。

我们的法医团队必须对在易北河岸发现的头部进行解剖,其程序与解剖每具完整尸体的工作内容相同:调查死亡原因,识别死者身份以及厘清事实,尤其是推演案发过程。因此,鉴定这颗人头是在生前还是死后被斩首显得尤为重要。

B. 体内检查

一、头部

1. 切开头部两耳背面之间上方的头皮:头皮无出血。

2. 用摆动骨锯以圆形锯开,打开颅盖骨。颅骨内侧和硬脑膜之间无异物;硬脑膜和颅骨腔内因腐烂而收缩的大脑之间没有异物。

3. 抬高颅骨。用刮刀将坚硬的脑膜从颅骨内侧切除,未发现明显血液沉积。

4. 检查头骨内部:颅缝未完全闭合。

5. 由于组织软化,须用勺子从颅骨内侧取出部分脑组织。

6. 用解剖刀从颈部的分离点到下颌切去喉部尚存的柔软部分(舌,喉咽,会厌和舌骨)。

7. 舌骨可在下颌角和身体之间的过渡区域移动(颈

突下颌韧带连接尚存）。用剪刀将周围的软组织分层剥离，除腐败变化外，无其他损伤。肉眼无法分辨出血。

8. 颈动脉显示血管内壁层柔软。

9. 切断韧带连接，将第一和第二颈椎骨从颅骨基部分离。两个椎体均无损伤。脊柱动脉无损伤。以上椎管中空，脊髓缺失。颈椎冷冻保存。

您从前文中读过：我们在过往案例中提到的"生命体征"可以暗示头部是在生前还是死后被斩断，然而在这里我们却不能单凭尸体解剖判断。原则上，在断头的情况下，我们可以根据伤口的结构精确地判断行凶方式。例如用锯、斧头或短柄小斧，因为不管何种工具都会在软组织和骨头上留下具有特征的痕迹。这个案例却不然，因为头部分离部位的软组织严重腐烂，而且水流也冲掉了伤口边缘的血迹。

由于头部已经在水中浸泡了很长时间（"验尸间隔"），由此引起的腐烂变化使我们无法确定死亡时间。如果头部在分离后几个小时内就被送到这里进行解剖，则可以通过测量脑温对死亡时间进行合理评估。研究所还存有二十世纪八十年代和九十年代有关验尸的死亡时间和脑温度下降的实验数据，也许会对此案有所帮助。

根据腐烂的程度和贻贝的数量，我们判断头部应该在水中浸泡了两到五个星期。这只是个粗略的估算，不可能再获得更精确的数据。尸检过程中我们也没有发现任何证据表明该男子的死亡和断头（"斩首"）是如何发生的。即使在这种情况下，在做完外部和内部检查之后，紧随其后的也总是初步报告，该报告对调查结果进行总结，并在必要时从法医的角度提出看法。该报告之所以称为"初步报告"，是因为它的评估与完成尸检时可用的调查结果有关。除了后续调查的所有结果之外，最终专家意见还包含化学毒理学、显微组织（显微镜）和所有必要的分子生物学的研究结果。

C. 初步解剖鉴定

一、背景：根据××州刑事警察局验尸员××先生叙述，散步者于×年×月×日早晨在易北河堤岸海拔××米处发现了正在接受尸检的头部（用石头固定）。未找到相关尸体。虽然出动防暴警察搜查队和尸体侦查犬搜寻，也未在该地区发现其他身体部位。

二、通过解剖获得以下基本发现（部分诊断）：

头颅所属人年龄在二十五至四十五岁之间，因长期浸泡于水中，已处于腐烂状态。部分伤口边缘光滑，下颌部伤口不规则，带状挫伤，边缘干燥。伤口边缘无活力体征（由于长期浸泡于水中，可评估性有限）。无颅骨骨折，颅腔无出血，脑组织无出血（由于尸体严重腐烂，评估受到极大限制）。

第一和第二颈椎基本完整。

左耳见粗糙的锯齿状缺陷（最有可能因死后被动物

啃咬所致)。

三、死亡原因：通过解剖无法确认死亡原因。

四、关于身份，可以确定以下内容：死者为男性，年龄在二十五至四十五岁之间。根据：未发现颈动脉粥样硬化和头骨的颅缝闭合骨化不完全。关于死者的头发颜色，最有可能是棕色，头发长度可达16cm（至少在颈部区域）。此外，两个耳垂均为附着耳垂，无耳洞（用于耳环）。

颈部创缘整齐，部分创缘不规则，颈部呈带状挫伤，疑似被半尖锐器物斩首。由于头部高度腐烂，评估受到极大限制。伤口边缘未发现出血。无法判断死者是生前或死后被斩首。

五、解剖结束，保留以下证据：

1) 头发和面部肌肉，用以化学毒理检查。

2) 头发，面部肌肉和牙齿，用于进行DNA分析。

3) 舌骨，喉骨架和硬脑膜，以福尔马林保存。

4) 上下颌，用于牙齿鉴定，冷冻。

5) 第一和第二颈椎，冷冻。

6) 贻贝和黑褐色的粒状物质（后者大致对应沙子和砾石）。

以上证据将被保留在法医研究所至少十二个月以备进一步检查，之后因空间原因可丢弃，如果届时未取得鉴定结果，则须申请延长证据保留期。

司法鉴定人：
1. 索克斯教授
2. xx 博士

已于 xxxx 年 xx 月 xx 日将口述记录从声音载体中删除

即使我们无法向刑警提供确凿的事实，也并不是一无所获。毕竟，通过牙齿鉴定也有确定死者身份的可能。上述尸检报告中我省略了本来包含在"B.体内检查"中的一部分内容：

牙齿状态：上颚，右上颌 1 至 8 颗牙齿存在，未发现修补痕迹。左上颌 1 至 7 颗牙齿存在，第 8 缺失，牙槽闭合。右下颚第一个切牙缺失，牙槽开放（该牙齿可能在被斩首后丢失），牙齿 2 至 8 存在，牙齿 4 和 5 在咬合面上见银汞填充物，牙齿 6 和 7 咬合面中空（疑为假牙或填充材料失效后的状态），牙齿 8 咬合面有银汞填充物。左下颌牙齿 1 至 8 存在，牙齿 6 至 8 的咬合面见银汞填充物。

警方调查人员（在这种情况下，由凶杀案委员会负责）将这份关于死者牙齿的详细报告转给了周围地区的警察部门，并要求其提交责任范围内二十五至四十五岁之间棕发男子的失踪报告。

将近两个星期之后，我们收到了积极的反馈。一名警官注意到了我们的粗略信息（性别，估计年龄和假定的头发颜色），这与三周前他收到的一个失踪人口报告的信息有所吻合：一位老妇人报告她的儿子失踪了。警官求助于失踪者的牙医，牙医将失踪者的牙科记录提供给了警官。现年四十二岁的技术工人霍尔格·埃弗斯，居住在警察局附近的一个村庄，据一位证人所述，他患有抑郁型人格障碍。

既然能够确定头部的"所有者"，刑警就有了进一步调查的基础，虽然他们能做的只是将目前掌握的有关霍尔格·埃弗斯的资料转交给其他部门，包括他的身高、体重、身材和肤色。当然，发送埃弗斯的照片是没有意义的，因为我们寻找的是一具无头尸体。

但这些数据已经足够。几天后，该地区另一个警察局获得了关键性的线索。五周前，在易北河发现一具无头尸体，地点在发现人头的上游二十五公里处。这个无头尸体被找到时，还几乎是"新鲜"的（所谓"新鲜的尸体"，是指尸体上没有腐败变化）。当地辖区法医研究所的同事立刻对尸体进行了解剖。DNA证据显示，头部和身体完全吻合，都属于霍尔格·埃弗斯。

在电话中，负责霍尔格·埃弗斯案件的刑警向我详细讲述了几个星期前他和法医处理该案的经过：无头尸体是在易北河堤岸九米高的大桥底被发现的。因为那天是十月三十一日，所以当易北河渡轮上的游客看到这具躺在石质河堤上的尸体时，他们以为这是万圣节恶作剧。但渡轮的船长很快意识到这并非恶作剧，而是不同寻常的事件。船只从易北河大桥下穿过时，他犀利的双眼马上捕捉到这样一个细节，那就是一条钢缆从桥上垂下，底部有一个绞索。

警察赶到，对该地区实行封锁，并对尸体进行了检查。无头尸体躺在路堤的废墟上，穿着牛仔裤和长袜。没发现鞋子。最重要的是，人头不知所踪！这座桥供机动车和行人通行，警官很快在桥的外栏上找到了船长提及的钢缆。它长十五米，直径零点六厘米，在桥栏杆上缠绕数次，被弹簧钩固定在桥栏上。钢丝绳的环圈距离桥六米。警察在桥旁边的小径上发现一个背包，里面装有霍尔格·埃弗斯的个人物品和身份证件，还有一封告别信。信中，埃弗斯向母亲寻求宽恕，并解释了他自杀的原因。他在工作中遇到了问题，加之抑郁症的折磨，导致他常常行为瘫痪。

缠绕的钢丝绳和告别信让所有参与调查的人员都相信这不是一起谋杀案。不过从另一方面看，斩首形式的自杀本来就少见，吊起来斩首更为罕见。在一九九五年至二〇〇二年间，我们研究所调查的七千七百例死亡中，只有十例自杀是因斩首而死。而这些案例中有八例是被火车撞死，因自缢而致头身分离的仅有两例。

这种自杀方式罕见的原因与物理定律有关。如果有人将绳索套在脖子上,以自己的体重拉动套索,绳索压迫颈部血管,会导致大脑中的血液和氧气供应不足而亡。但斩首却只有在同时满足多个先决条件的情况下才会发生。关键因素是绳索的稳定性、体重和跌落高度。绳索必须坚韧并且非常细——如直径仅零点六厘米的钢丝绳。自杀者必须从一个落差很大的高度跳下来,就像这里,是从九米高的桥上跳下,颈部缠绕着一条六米长的绳索。由于绳索需要一段时间才能拉动和勒紧脖颈,因此脖颈会遭受相当大的压力——这种强烈的冲力可以通过坚韧而纤细的绳索完全切断颈椎之间的组织和韧带。当然,自杀者的体重也起着不可忽视的作用。

法医技术人员可以通过特殊的公式精确计算出分离头部所需要的下落能量。公式将头部、体重和重力加速度联系在一起加以计算。通过这种方式令头身分离至少需要一万两千牛顿的力。

霍尔格·埃弗斯重一百零二公斤。他将六米长的细长钢索固定在栏杆上,将绞索套在脖子上,然后从桥上跳下死亡。坠落产生的动能可以将头部从躯干上分离。

至于断头之后发生的事情,我们只能通过目前掌握的因果关系大致予以梳理。该男子的尸体坠落在河岸斜坡上,而被割断的头则从倾斜的河岸滚落到易北河水中。尸体顺着河水漂来漂去,大约三周后才在下游二十五公里处被冲上岸。这也解释了为什么腐烂的只是头部而不是身体。

令人感到恐惧的是,如同诸多其他案例,一个人竟然会如此全力以赴去终止自己的生命,而被斩首这一结局显然没有被计算在内。

没有比瞥见一颗没有躯体的人头更让人感到恐惧和迷惑的事情了。身体的任何其他部位都不会像头部那样能够展现人的性格及独特性。身体的其他器官对于个体的生存都没有头部那么重要，几乎所有器官都可以移植或通过药物来维持其功能，但是头部不行。颅骨中的大脑不仅支配着人的心理活动和认知功能，还管理和控制着人的情绪，使每个人成为独一无二的个体。在德语中，"有头脑的组织者"和"无脑人"等比喻清楚表明了大脑作为中央控制系统的重要性，而其他一切器官都必须通过这个中央系统进行协调。

头颅和斩首在人类文化中有着古老而漫长的历史。斩首的画面在展示生命熄灭的同时还暗示了被斩首者的性格和自我的毁灭，所以没有躯体的头颅即是个人死亡的象征。

也许您知道一幅描绘莎乐美的油画，画中希罗底的女儿莎乐美接受了施洗者圣约翰的头颅；朱迪斯斩杀赫罗弗尼斯的故事也很有名。类似的还有圣米尼亚斯——佛罗伦萨的圣米尼亚托教堂就以他的名字命名。公元二五〇年，罗马皇帝德基乌斯因米尼亚斯拒绝尊他为神而将之斩首。传说米尼亚斯拾起自己的头颅夹在臂下，爬上亚诺山，化为了教堂的基石。

以前的孩子都对海盗克劳斯·斯托尔特贝克的故事耳熟能详，他与刽子手提出了一个著名的协议，即他会在自己人头落地之后绕着伙伴走上一圈，他脚步所经过的人就能被免去死刑。顺便说一句，他就是在易北河堤岸上被斩首的，六百年后，在相同的地点又发现了人头，而我作为该案的法医对其进行了鉴定。

斩首这一主题也是充满各种幻想和悬疑元素的热门题材。在一次采访中，我确实被问到过这样的问题：没有头的尸体可以存活多久？或者，没有头的尸体还能像斯托尔特贝克一样继续奔跑吗？

法国医生曾在法国大革命期间进行过一次惊人的实验。他们将刚切碎或斩断的头部暴露于光和声音的刺激下（他们搞到了几个），并记录了可能发生的"反应"。其实没有什么可记录的，因为没有身体的头部根本无法生存。

虽然如此，仍有不少人纠结于被割断的头部是否能表现出有意识的（有意义的，有针对性的）认知，以及人的大脑在没有氧气供给的情况下是否还能运作一段时间。而关于无头躯体是否仍然具备某些运动能力的问题（例如像圣米尼亚斯和斯托尔特贝克那样走动）也一直是很多人感兴趣的主题，尤其是生理学家。

"无头躯体仍可保有行动能力"这一假设的依据是，大多数被斩首的人呼吸道深处仍然存有被吸入的血液。但理论上讲这是不可能的，因为头部和身体的分离会破坏脊髓，从而切断大脑的呼吸中枢与周围神经系统各部分之间的通讯，也会破坏负责横膈膜和呼吸肌的神经链，使呼吸无法平稳进行。因此当头部与身体分离时，所有呼吸活动都会骤停。然而在解剖时（如死者被火车碰撞后），我们几乎总能发现从被割断的喉管进入呼吸道再进入小肺泡中的血液，前提条件是呼吸功能正常。

这个发现只能用病理生理学的理论解释，即使在没有大脑协调的情况下，呼吸也可以通过脊髓继续控制几秒钟（也许只是几毫秒），即使只有很短的时间，肺部仍可吸入血液。理论上讲，一次或两次深呼吸足以使从切开的颈动脉和静脉进入气管的血液充满支气管和肺泡。

因此，我们大可不必担心会在街上遇到无头的路人。幸运的是，作为法医，我也极少碰到类似发生在易北河岸的案例。

致命的奇迹

四十三岁的迪特·海姆克走出公寓。他脸色苍白，眼窝深陷。他沿着弯曲的道路踌躇不定地走向他的汽车，一只手抓着蓝色的包，另一只手拿着三张照片。照片上是他的妻子和两个孩子。他打开车门上车，将包放到副驾驶座上，然后将钥匙插进点火器。他深吸一口气，踩下油门，驶出停车场。

当天晚些时候，一辆巡逻车在德国北部一条州际公路上行驶。突然，巡警在路边的沟里发现一辆厢式货车。他们停下车来察看四周情况。现在是冬天，沟里的水已经冻结了。货车的前轮和保险杠的一部分冻在冰里，车辆未损坏。

巡警猜，在零下三度的气温下车里不会有人。他们例行公事般向车内望去，被惊得禁不住打了个冷战。车里有个人坐在驾驶员座位上！他双手放在方向盘上，系着安全带。但只要稍微观察一下就能看出，驾驶员并非趴在方向盘上睡着了，也并非躲在车里吸毒，或者出于某些未知的原因，在寒冷的冬日坐在车里看书或打电话。他没有离开汽车，因为他已经死了。驾驶员的头部曾经所在的位置，现在只剩下血淋淋的残留部位，从蓝色的防寒服和米色的毛衣中伸出来。

两名警官不必为寻找头部花费多少时间，因为它就落在驾驶员后面座椅的脚部空间里。

* * *

这样恐怖的场景自然会引起各种猜测。当死者被送往法医研究所时，巡警和刑警部门的调查人员都认为这是一起野蛮的斩首杀人案，就差说出"虐杀"和"情杀"之类的话了。没有人相信这是事故。

我本人从未调查过，甚至从未听说过因车祸被斩首的案件。这可能会在联合收割机或其他大型机器上发生，但不会出现在汽车前排座椅上，尤其在完好无损的车辆中。

斩首作为谋杀手段极为罕见。作为法医我只记得一个案例。尸检显示被害者气管和肺部有吸入的血液，说明凶手将其绑在床上后实施了斩首。凶器是一把厨刀。

而这起案件却很难令人与类似的作案手法联系起来。凶手为何要在开放的公路上实施这种行为？

凶手极有可能在杀死受害人后将其斩首。这样做的目的是使死者难以辨认。在某些情况下，受害者还可能被肢解，身体各个部位被放置在不同的地方。法医称之为"防御性残害"。

我记得有一个案例，调查人员在旅馆公寓的床上发现了一个四十岁男子的无头尸体，旁边有一把锤子和一条狐尾锯。后来在厕所里发现了那个男子的头。事件真相令人毛骨悚然：凶手和他的旧情人在醉酒状态下发生激烈争吵，他先将旧情人勒死，然后用电锯锯断了他的头，并试图把头放进马桶冲下去，这当然无济于事。由于头部太大，凶手还尝试用锤子将其"砸碎"。当那也不起作用时，他只好无奈地将头留在马桶上，一把火点燃了公寓。邻居发现失火，立即致电消防队，警察也很快赶到现场。法医对该男子的头部和身体进行尸检后发现，受害者死于窒息，是在死后被斩首。被斩断的头部伤口边缘没有出血现象，也未发现因头部割伤而吸入肺部的血液，皮肤和头皮的出血状况也表明受害者的头部并非在生前遭受锤子敲击。

对于厢式货车司机，我们可以通过现场情况排除防御性残害的可能，因为他的头部既未被隐藏也不是无法被识别。充其量只能被当作"进攻性肢体残害"。

如果凶手在杀人后切下受害者的身体部位是因为这会使他感到兴奋，或者他想把受害者的肢体当作纪念品或奖杯带回家欣赏，那这就是所谓的"进攻性肢体残害"。也许他能够在自己的想象中一次又一次将残缺的肢体恢复。但这与本案的情况并不相符，鉴于犯罪现场位于公共场所，且头部未被带走，进攻性肢体残害的说法无法成立。

更进一步，我们能够百分之百确定那个男人是在车里被杀死并斩首的吗？也有可能凶手将该男子斩杀之后，才把躯体放在驾驶员座位上，系好安全带，然后将其头部放在后座的脚部空间中。

理论上这是可行的，但显然受害者被斩首时一直坐在驾驶员座位上，因此可以排除这种可能性。血溅形态模式，即血液飞溅及血液在车内的分布证明了这一点。除了驾驶员座椅，在座椅靠背上也发现了血液喷溅的痕迹，而且在放置人头的后排座椅处也发现了新鲜的血迹。

就案件和案发经过而言，我们目前虽然排除了一些可能性,但并未找到真正的线索,现在希望能够通过尸检来查明真相。幸运的是我们不需要识别受害者身份,因为死者外套口袋中的身份证明文件向调查人员透露了其身份:四十三岁的失业供暖技工迪特·海姆克。根据死者左前臂的典型文身,可以毫无疑问地确定头部和身体属于同一个人,而且经他妻子确认,海姆克的确有过这种文身。

尽管现有证据清晰地揭示了该案的脉络,但法医检验依然要按部就班地进行。我们需要把重心放在案件的潜在线索上:迪特·海姆克是如何被杀死并斩首的?果然,尸检显示出一些有趣的结果,而且还发现了新问题。

我们在死者呼吸道中发现了血液。这表明该男子在临死前吸入了血液,显然被斩首时他仍活着。现在我们终于能够排除死后斩首的情况了。但这仍不能解释受害者是如何被斩首的。基于上述原因我们断定斩首谋杀案不能成立。在这种情况下,我们不得不考虑严重事故等外部因素。

我们仔细检查了头部和颈部被斩断分离的部位,检测到了细小的粉尘状金属沉积物,类似人们用锉刀加工金属物时产生的沉积物。我们还发现伤口并非典型的切伤。但如果头部不是割伤,那又是以何种方式,如何被斩断的?

调查人员和痕迹鉴定部门找到了这些关键问题的答案。

首先,他们全面调查了迪特·海姆克的私生活:他妻子与他分居后获得了两个孩子的单独监护权,而迪特·海姆克则开始独居生活。去世前不久他还失去了暖气安装工的工作。其次,调查人员从他家庭医生手中的病历发现,海姆克患有严重的抑郁症，几个月来一直在接受精神治疗。所有这些都表明他应该是在货车中自杀身亡。但他又是如何实施斩首的呢？

法证部门的专家对车辆周围的广阔区域进行取证调查时，我们发现了有关死者自杀的证据以及合理的解释。警察在木栅栏上发现了一条四十米长的细钢缆，钢缆缠绕在一块木板上并打了好几次结。绳子的另一端有一个直径约十五厘米的索套，完全被雪覆盖。

这条钢缆和死者强烈的自杀意图让我们相信，真实发生的场景远远超过巡警之前的可怕预设：迪特·海姆克将钢缆固定在牧场围栏上，牵引它从货车的后窗穿过，将绞索套在脖子上。他发动了货车。他可能大力将油门踩到了底，导致车的起步速度太快，仅仅在行驶几米后，坚硬的钢丝绳就切断了他的头。头颅顺势落到后座前的脚部空间中。当行驶的汽车最终在路边停下时，钢缆和绞索滑出汽车并落在路肩上，之后被新鲜的积雪覆盖，这也是它们最初并未被现场警员发现的原因。

随后的 DNA 比对证实了这一假设：与套索相连的组织残留物正是来自迪特·海姆克。这个案子解决了，终于！

然而斩首自杀只是真相的一半，我们的尸检给出了真相的另一半。并不仅仅是上面提到的问题。在常规体表检查中我们发现了两个引人注目的细节：死者身上几乎没有尸斑，而且他的两个臂弯处都有新鲜的针刺痕迹。此类刺孔常常能在尚未死去的人身上看到，这表明急诊医生为挽救其生命做出过努力。但就该案而言，我们可以排除这一点。

我在尸检过程中还发现了一个异常现象：死者所有的内部器官都出现了非常严重的贫血现象，失血量远远超过车内因斩首而喷洒出的血液量。

贫血使死者的肾脏失去健康的红色，呈现出灰黄的"固有颜色"。再加上尸体上几乎完全未形成尸斑，这意味着死者在被斩首前已经失去了部分血液。

斩首之前究竟发生过什么？在这个身体健康的男人生前，究竟发生了什么导致他大量失血？

刑事侦查部门的调查人员在迪特·海姆克的公寓中找到了答案，他们被屋内摆放的令人毛骨悚然的物品惊呆了。厨房桌子上放置着两个可乐瓶子，各盛有一升深红色的液体，显然是血液。瓶子旁边放着两个针管和两个被黏稠干燥的血液堵塞的细塑料管。暗红色液体样本立即被送到我们的DNA实验室检验，目的是要澄清两个问题：它真的是血液吗？如果是血液，它是否来自迪特·海姆克？

这两个疑问的答案是肯定的。

当我在公寓里看到这些东西时，我就已经知道死者两个臂弯处的针刺伤是如何形成的了：迪特·海姆克因失去家人和工作罹患严重的抑郁症，他用针管抽取自己的血液，以这种方式给自己"放血"。他将针管插入肘部静脉，并通过塑料管将血液排入可乐瓶中。当一只臂弯处的血液因为凝血而造成塑料管被堵塞时，海姆克刺伤了另一只手臂并重复了该过程。他同样把血装在可乐瓶里，血液再一次流进塑料管，他却并没有失去知觉或死亡。

这位因失业和情伤而自杀的男人选择的自杀方式恰恰是古时人们治愈疾病的方法——放血。或许海姆克从罗宾汉的故事中得到了启发。记得小时候母亲读给我听时，我被深深地打动了，心中充满震惊和悲伤。在这本书中，罗宾汉因病向修道院女院长求助，让她替自己放血医病。但罗宾汉不知道她并不想治愈他，她受罗宾汉的敌人吉斯伯恩的唆使，割断了他手臂的静脉血管，他随后因失血过多身亡。

放血，这种古代和中世纪的治疗术一直被沿用到十七世纪。该疗法旨在使因生病而受到干扰的体液恢复平衡。当时的人们认为在静脉中积聚的"不良"血液会引起疾病。其实放血总是更能加速患者的死亡而不是治愈患者。在现代医学中，放血仅针对极少数情况，并以定量的方式使用，例如针对红细胞增多症。该疾病是指血浆容量减少，使红细胞容量相对增多，导致血液变稠，因此容易形成血栓。通过半升到一升的放血，至少可在一定时间内改善血液的流动性。

在中世纪，放血因医生和理发师的广泛应用成了一种流行的医疗法。长久以来理发店都把放血的碗挂在店外作"招牌"。

放血在当时号称可以用来治疗几乎所有的疾病，可谓万能疗法。治疗时须依据黄道十二宫的天象来决定可行与否，还要参照对应的天象或时刻加以选择后方能定夺。现存大量的文献和医学插图证明了这一点。

今天看来，许多患者死于放血并不奇怪。最著名的一个例子就是美国第一任总统乔治·华盛顿。因喉部感染，他的私人医生本杰明·拉什给他放了超过一升半的血液。失血过多导致这位本来身体就已十分虚弱的总统在几个小时后身亡。

公元一世纪尼禄时期的教育家和哲学家塞内卡在尼禄的逼迫下，以切腕的方式自杀。当血液不能顺畅流出时，他坐在浴缸里，用温水来防止凝血。

历史证明，放血很可能导致一个人死亡。不过迪特·海姆克在"抽取"两升血液之后放弃了。相反，他意识清醒地离开公寓，离开城市，把车开到一条僻静的州际公路上策划了自杀，然后"成功"将自己斩首。

从医学角度来看，这几乎是一个奇迹。原因如下：一个成年人体内大约有五到六升血液。百分之八十四的循环血液分布在人体血管系统中，即在静脉和动脉及其分支中；百分之九在肺血管系统中；百分之七在心脏。成人血量占体重的比例约为百分之六至百分之八，儿童为百分之八至百分之九。正常成年人失去三分之一的血液，即约一点七升，就会危及生命，而且由于大脑中仍然存在少量循环血液，常会引起大脑缺氧，从而产生疲劳感，严重影响体力，并出现神志不清或焦躁不安的状况，造成昏迷、休克等严重后果。若失去三分之二的循环血液，即三点三升，则会导致死亡。

在迪特·海姆克驾车驶向二十五公里外的自杀地点之前，他已经失血两升，超过了临界极限，生命受到极大威胁。但是他仍然活着，他想死，无论付出什么代价。或许他想在清醒的状态下死去，当他意识到无法通过放血杀死自己时，他想出了一种新的死亡方式，而且是万无一失的。

放血和斩首的组合使迪特·海姆克的自杀案例显得与众不同。其实将两种方法相结合的自杀案例并不罕见，每位法医都时不时遇到所谓的"联合自杀"案件。

我负责的第一例解剖对象是一位十九岁的女子。这位年轻女子先服用了高剂量属于父亲的血液稀释药物，然后用锋利的厨刀割开了自己的动脉，出血却停止了，并未导致死亡。于是那个女子乘电梯来到一个摩天大楼的第九层，从那里跳下身亡。

与迪特·海姆克一样，她最初并不打算将两种自杀方法结合在一起。第二种方法是在第一种没能奏效之后才使用的。因此，我们将这些自杀案例称为"无计划的联合自杀"。

与此相对的是"有计划的联合自杀"。这让我想起几年前的一个案例，解剖对象是一位四十岁的男子。该男子驾车全速撞向高速公路上的一个桥墩，并同时用手枪向自己的头部开枪。我们在死者右手上发现了火药痕迹和溅出的鲜血。验尸后发现，造成该男子死亡的不是与桥墩相撞，而是头部中枪。当汽车撞到桥墩时，他其实已经身亡，毫无疑问这不是交通事故。当然也存在极少数案例，他们之所以如此操作是为了使自杀看起来像一场事故，可以让亲属以此向人寿保险或事故保险公司索赔。因此，在有疑点的情况下，法医可以通过司法鉴定来确定死亡的原因和性质，将自杀与事故区分开来，从而阻止可能的保险欺诈。

有计划的联合自杀往往是为了确保自杀得以实施而采用

的方法。一位患有睾丸癌的男人也属于这种情况，他跳入易北河的同时，用气枪射中自己的颈部。枪击本身并不致命，但他由于身受重伤而在水中溺死了。

  我有时候常常问自己，如果这些人能够超越自我，走出绝望，以他们惊人的毅力和决心重新上路，好好生活并服务他人，又会取得什么样的成就呢？

罪之火

十二月一个冰冷的冬日，我完成了阶段性的工作，难得几日悠闲。当刑警打电话要我赶去一间烧毁的公寓时，我正在家里看一部电影。

我从其他警务人员那里听说过这个公寓楼所在的社区：那一带破破烂烂的街区是毒品集散地，暴力活动频繁，敌对帮派之间的火并也时有发生。四十分钟后当我到达现场时，消防部门刚刚完成灭火任务。

负责该案的调查人员告诉我："一具尸体，性别不明，很可能是在床上被烧死的。"他简要概括了发生的情况：一对住在隔壁的夫妇听到花园街七十五号地下公寓传来震耳欲聋的巨响，仿佛来自爆炸，随即听到大声的呼救，之后闻到了烟火味。他们立即跑到外面，看到那里熊熊的火势，马上通知了消防部门和警察。

凶案组的警官说："消防员将火扑灭之后，在床的残骸中发现一具尸体。尸体已被完全烧焦，应该在消防人员到来之前就已死去。"

我们走进这间只有一个房间的公寓，大火将公寓悉数烧毁。死者躺在水、灭火泡沫以及一堆燃烧的残余物中，此处可能曾经放着一个沙发。从统计数字来看，这次事件最有可能是火灾事故。大约百分之九十的火灾死亡是事故造成的，自杀只占百分之五至百分之八，其余百分之二至五是人为纵火的受害者。被警方和法医学界称为"谋杀之火"的纵火绝对是非常少见的。

如果有人被大火烧死，消防部门会立即报警，然后由警官判断那里是"尸体现场"还是"犯罪现场"。如果这可能是犯罪现场，那么火灾将变成"刑事案件"，转交给刑警处理。

警察在现场将尸体扣留，并通知了检察官，以便检察官对案件有个大致了解，然后下令对死者进行尸检。

在痕迹鉴定员、国家刑警办公室的刑警和消防调查员对这间公寓进行检查的同时，警察还向邻居询问了情况。根据邻居的证词，他们得知该公寓的租客是三十多岁的亨德里克·威尔肯斯，患有酒精依赖症和行为障碍，长期在医院接受精神治疗。一个邻居声称听到了他的声音。

根据另外几位住户的证词，威尔肯斯经常从他的窗口攻击街上的路人，并做出淫秽的手势。此外，由于威尔肯斯从来不打扫公寓，很长一段时间都有臭味从房间飘出，一些邻居此后就没有再打开过阳台的门。

据目击者称，威尔肯斯喜欢在晚上将音乐音量开到很大，在楼梯间和公寓前的草坪上大喊大叫。他常常下午就酩酊大醉，躺在客厅的沙发上一直睡到第二天下午，还常常从睡梦中醒来，大声呼喊，到处都可以听到他的声音。一位女住客讲述了某晚可怕的遭遇。那天她很晚才回家，在外面就听到威尔肯斯公寓里震耳欲聋的音乐。"他客厅的窗户是打开的，我看到威尔肯斯在房间里跳来跳去，并大声叫骂：'我要杀了你们！杀了所有反对我的人！'"

就连花园街公寓楼的业主房屋协会也经常与亨德里克·威尔肯斯发生冲突。他从不按时支付房租，也从不打扫和护理公寓，将来若有新房客，必须完全翻新之后才可以入住。业主曾向卫生和环境局投诉，亨德里克·威尔肯斯被迫由社工照料。因为社工只在白天过来，威尔肯斯就在晚上闹事。

调查人员从房间里取了些火屑样本，放进小塑料容器中，以检查其中是否含有助燃剂成分；而我则又研究了一遍可能发生的情景。

每周平均有三到四具被烧死的尸体被送到我们的研究所。迄今为止，除了一起自杀事件，其他都是事故。常见的情况是：手持点燃的香烟入睡，不慎引起大火烧毁公寓。过量饮酒是最常见原因，起火时，醉酒的人不能及时醒来逃离险境。

投掷爆炸性危险物质引起的火灾极为罕见，如果有，大多数情况下是在工作场所发生的。可能还有人记得二〇〇〇年五月发生在荷兰恩斯赫德的一家烟花厂的事故，约一百吨烟花爆竹在人口稠密的居民区发生爆炸。事故造成二十三人死亡，九百四十七人受伤，其中包括一些重伤患者。

有故障的热水器存在爆炸的隐患，易燃液体也会引发事故。我还记得一个昵称很搞笑的体育记者，几年前的一天，他惬意地躺在酒店房间的床上，一边喝着朗姆酒一边抽烟，不小心将点燃的香烟扔进了朗姆酒瓶中，巨大的火焰将他的身体右侧严重烧伤。

在网络上和犯罪剧中时不时会看到这样一个令人困惑的理论：人体可以在没有与任何火源接触的情况下无缘无故在

瞬间自燃。但我本人从未处理过有关自燃（英美称之为"人体自燃"）的案件，它就像吸血鬼一样罕见。

除了确定死者身份之外，我还要集中精力进行尸检，从中找出死因——是事故、自杀，还是谋杀？

在我离开现场之前，刑事罪案科火灾调查负责人给我们做了一个简要的报告：火灾的第一来源是威尔肯斯公寓的客厅兼卧室。然而在寻找痕迹的过程中，他们还在厨房里发现了第二种火源，与卧室的火源不同，厨房只有一部分被火焰破坏了。但最重要的发现是：厨房里有一个容量为五升的罐子和一个装有透明微黄色液体的一次性注射器，从气味判断是汽油。

刑事罪案科的负责人说："一次性注射器和气体罐的出现绝非偶然，这说明或许有其他人存在。等实验室检测结果出来后，我们会得到更详细的信息。"

那就只剩下自杀或者谋杀了。

我们当天晚上就对在亨德里克·威尔肯斯公寓发现的尸体进行了尸检。扑朔迷离的案情，尤其是厨房的第二个火源，都表明这里可能发生了暴力犯罪。死者身份尚未确认，因此检察官在对案件进行了简单的审查后下令进行尸检。一方面，如我所言，查明死者的身份至关重要；另一方面，我们必须寻找犯罪现场的线索。所以我们需要解决两个问题：

问题一：能否从受害人身上找到证据，证明他在火灾发生前已被杀害？

以此为前提，我们需要寻找在火灾发生之前并非由火灾造成的伤害：如颈前部位出血、颈部因受袭而形成的瘀伤和抓伤，或在防御时造成的前臂软组织出血——当人用手臂保护头部和脸部时，一般会挥拳进行防御。

如果能找到这样的暴力痕迹，就说明我们处理的是一起凶杀案，也许是一起"纵火谋杀案"。

纵火谋杀意味着凶手在杀人之后点燃了受害者的尸体。目的是借助大火使受害者的身份无法识别，并掩盖其真正死因。但很少有人知道，即使身体被严重灼伤，法医仍然可以确定受害者的牙齿状态或进行DNA分析。只有当受害者在八百摄氏度以上的温度下至少被焚烧一至一个半小时，只剩下一堆灰烬时，这些证据才会被破坏。

问题二：火灾发生时受害者还活着吗？

如果在失火前有明显的凶杀痕迹，我们将不会在尸体上发现任何生命活力。但如果此人在大火燃烧时还活着，那就一定会吸入烟尘。在这种情况下，我们会在气管和支气管中发现烟尘颗粒，烟尘颗粒是死者死于火灾的证据。

但反推却不能成立。原因是：如果使用大量的助燃剂，剧烈的爆炸会使该人迅速被火烧死，以至于不会吸入或吞咽烟尘。在这种情况下，法医只会在上喉发现少量烟灰沉积，而在气管深处和支气管中则不会。

按照尸检惯例，我们首先进行体外检查：

死者的面部和身体完全呈焦炭状，皮肤破裂，红色的肉在炭黑色表面下隐隐可见，如同火山中的熔岩。当我对死者进行解剖时，此类图像会时不时地浮现在我脑海中。这并非是对死者的不尊重，在我看来这更像是一个长时间坐在火车里的人，把窗外匆匆掠过的云朵想象成各种动物的形状或面孔。这样的联想也可以帮助我保持必要的疏离，客观地完成工作。

尸体躺在解剖台上，略微蜷曲。我们法医将这种姿势称为"击剑"或"拳斗"。残留的上肢和下肢弯曲，脊背呈弓形。在极度高温下，肌肉遇高热而凝固收缩，由于屈肌较伸肌发达，收缩也更强，炭化尸体四肢关节呈蜷曲状，身长缩短，呈类似拳击手在比赛中的防守状态，故称为"拳斗姿势"。

在颞颥下方靠近眼睑的皮肤上，可见从焦黑的面部突露出来的细腻的白色条纹。这些特殊的"鱼尾纹"表明遇难者在火灾开始时仍在世，当炽烈的火焰袭向他时，他下意识地闭上了眼睛。

在学生和警察热切的注视下，我们开始进行体内检查。助理打开了胸腔和腹腔，而另一位医生则拉下头皮，打开头骨，取出大脑。

因为死者整个身体表面完全被烧焦，所以通过观察体表已无法确定性别——乳房或阴茎和阴囊已被烈火完全烧毁。不过当我们打开腹腔并清楚地看到骨盆中的器官时,可以很明显地发现这是一个男人的身体:骨盆深处,耻骨下方,我们看到了前列腺。这样,死者的性别已经锁定,而他的身份还有待确认。

助手把死者的肺、支气管和气管放到器官桌上。外行人士只凭医学和解剖学书籍中的描写和叙述,往往很难识别真实器官的结构。不过一旦清除掉脏器中的血液,它们的外观便与书中的插图没有太大区别。当然,前提是它们仍然完好无损,并且身体腐烂程度不高。

我用剪刀切开桌上的气管和支气管,立即看到黏膜内的条状沉积物,也就是关键的烟尘颗粒。

我们使用剪刀而不是刀来打开器官,是因为气管、支气管、其他血管以及中空器官(如胃、膀胱或胆囊)无法用刀打开。但使用剪刀也不是一件容易的事,鉴于存在感染的危险,每个人都小心翼翼,以免在解剖时伤到自己。一些同事甚至在橡胶手套下面还戴了聚四氟乙烯手套进行额外保护。

接下来,部门助理帮我将胃和食道放在器官桌上。食道与人的食指差不多粗,比人们想象的要薄得多。我剪开胃和食道,在里面也发现了同样的烟灰沉积物。死者吸入并吞下了这些微粒,这证明发生火灾时他还活着。

血液中高浓度的一氧化碳也可以证明受害者在火灾开始时还活着。一氧化碳与气体一起被吸入,通过气管和支气管到达肺部,再从那里进入血液。所以可以通过检测血液中的气体含量来加以验证。

为了获取心脏血液进行毒理学检查，我们用剪刀切开了心脏周围的心包，将心脏从心包中取出。然后用刀切开通向心脏的大血管，将从倒置的心脏中流出的血液收集在钢勺（一种类似汤勺的工具）中。

我们很少使用一次性手术刀切开尸体或摘取心脏等器官。我们使用的刀具是一种耐用的细长刀片，塑胶手柄，与肉店里使用的刀大同小异。刀片要定期打磨和更换。一把钝刀比锋利的刀更容易切伤人，这对我们同样适用。

后来同事们在实验室中发现，威尔肯斯的心脏血液中一氧化碳含量接近百分之六十。这也清楚地表明他在大火中还活着，很可能是被大火烧死的。这样，烧死前被谋杀的情况也被排除了。

对调查人员而言，这说明如果不是死者自己点燃了公寓，那就是有人纵火。但是，为什么会有人要纵火烧毁一间没有任何贵重物品的不起眼的公寓？一个顺理成章的猜测是：纵火者意图杀死公寓里的人。看来我们将要处理的是一起极为罕见的案件——所谓的纵火杀人案。也就是说，火是谋杀的凶器。

为了确定死者身份，我们要在尸体解剖过程中卸下死者的上下颌。由于死者的牙齿已完全烧焦，所以在调查结果存档之前，必须用牙刷仔细清洁颌骨，将尚存的牙冠和牙桥密封保存，以便日后与死者的牙科记录进行比对。

死者的牙齿状态符合证人对亨德里克·威尔肯斯的描

述：几乎所有牙齿都完全龋坏和腐烂。但这并不足以证明牙齿的归属，必须要和亨德里克·威尔肯斯的牙科记录进行比对才能确认。

为了识别死者身份，在尸检时需按常规保存血液样本进行DNA分析。解剖助手切开股静脉或者骨盆静脉，尸体的血管中仍然有血液存留。由于心脏静止，血液不再被输送，死者的血管通常充满血液，除非死前血已流尽或生前罹患贫血症。我们通过按压膝盖到臀部之间的大腿部位，也就是"挤压"静脉，用钢勺来取血，以便日后进行DNA分析或毒理学测试。用于DNA测试的血液倒在亚麻布上风干，然后保存在无菌容器中，交给DNA实验室进行分析。我们绝不会将血液以液态形式存储在注射器或玻璃罐中，因为那样血液中的蛋白质会腐烂，我们便无法再对其进行DNA检验和分析。

进一步的血液测试显示死者血液中的酒精浓度为一点五毫克，而且含有地西泮和去甲西泮，这两种活性成分均用于镇静剂和安眠药，比如安定。因此可断定死者去世前已醉酒并摄入大量镇静剂。可能有陌生人进入公寓，趁威尔肯斯熟睡时放火，而威尔肯斯在公寓被点燃之后才醒过来。

接下来的肺部检查带来了决定性的发现。我从肺部切下几小块组织，放在玻璃管中进行气相色谱分析。分析结果表明正是汽油被用作助燃剂，这和我们刚刚通过电话从犯罪调查科那里得到的信息一致。他们对公寓罐子和一次性注射器的火灾残骸样本进行了鉴定，确定助燃剂是汽油。此外，对火灾发生地点的调查表明，正如目击者听到的那样，现场先发生了爆炸，然后导致公寓起火。

我们完成了尸检。可以肯定除了烧伤，死者身上没有其他伤害。换句话说，除了大火，没有发现死者遭受过其他暴力伤害。因此可断定，该男子系被大火烧死。

第二天，我们从刑警那里获得了进一步的信息。令我们感到棘手的是，德国北部所有的牙医都没有亨德里克·威尔肯斯的患者记录，显然他从未造访过牙医。由于死者住处几乎完全烧毁，如果没有威尔肯斯的DNA痕量载体（如牙刷或剃刀）能够与解剖获得的血液样本进行比较，那么刑警别无选择，只能联系亨德里克·威尔肯斯的父母，请医生采集他们的血液样本进行DNA分析，这样就能准确无误地判断该男性的尸体到底是不是亨德里克·威尔肯斯。当警察出现在威尔肯斯的父母面前时，他们正处于一种恐惧和希望交织纠缠的焦虑状态。尽管他们与儿子已经很长时间没有联系了，但他们依然想知道花园街公寓中的死者是否是他们的儿子——或者说他是否还活着。也许他去了另外一个什么地方默默无闻地生活？几天后我们实验室的结果出来了，通过对其父母DNA样本的检测分析，可以确认死者正是他们的儿子。

刑警走访了威尔肯斯的社工。社工说："他患有精神分裂症，声称常听到有个声音命令他做事。"威尔肯斯曾接受过几次精神治疗，前不久治疗刚结束。精神科医生为他开了安定，帮助他入睡。由于威尔肯斯在醉酒后丢失了唯一一把公寓钥匙，社工不得不一次又一次帮他从厨房窗户进入自己的公寓。后来威尔肯斯只从厨房的窗户进出。

就公寓的卫生状况而言，社工与邻居的看法非常一致。他最初试图劝说威尔肯斯彻底打扫公寓，但后来放弃了。无论如何，也不能指望请一位清洁工来做清洁，因为整个房间到处都是垃圾，比萨盒、空罐头、剩余食物、衣服和内衣堆得到处都是。屋里只有一张靠墙摆放的布满霉斑的破沙发，正对着窗口，貌似是从垃圾堆里捡来的，而威尔肯斯就整天躺在上面，喝着烈性酒，将电视的声音开到最大。淋浴和厕所看起来也好不了多少。淋浴设备严重老化，像多年没有使用过的样子。厕所虽然在用，但很长时间没有冲洗过。整个公寓充满了野兽的味道。社工称，邻居们将阳台的门关闭是迫不得已。

尸检后过去几天，刑警终于厘清了此案。这的确是一起纵火谋杀案。但是犯罪的细节听起来并没有惊悚小说家描写的那样充满悬念：杀害亨德里克·威尔肯斯的凶手也是一名精神病患者，住在他隔壁。他长期以来被周围的人唤作"宗师"，因为他一直声称自己与超自然力量保持着某种联系。

搜查过凶手公寓的刑警后来向我讲述了案件的调查结果，凶手家里的摆设尤其令他印象深刻：墙壁上贴满一层层的护身符和五角星。泛黄的墙壁衬砌着鸟骨架的祭坛，天花板上挂着蜘蛛网和深色布料，在奇特的石坛上插着一只黑色蜡烛。客厅里的陈设寥寥无几，一口黑色的棺材格外醒目。

这间房的住户因为此案与警方陷入矛盾和争吵之后，终于承认他趁亨德里克·威尔肯斯熟睡之际放火烧了他的公寓。原因是威尔肯斯在楼梯间和公寓的露台上不断制造骚乱，打扰了他的冥想和与灵魂的接触。因此那天晚上他携带汽油罐和注射器从厨房窗户爬入，将汽油洒在睡在沙发床上的威尔肯斯身上，还泼洒在房间各处，最后用注射器里的汽油做成一个"导火线"通向厨房。汽油导火线被点燃之后，公寓爆炸起火。爆炸产生的巨大威力和威尔肯斯的求救令他惶恐万分，他将作案工具放回犯罪现场，躲藏到居民楼的地下室中，后来被一个邻居发现。这位邻居的证词最终使警察将这位"宗师"绳之以法。

根据鲁道夫·凯尔的精神病学诊断报告，"宗师"患有严重的偏执性精神障碍，属于精神分裂症的一种，因而不具备刑事责任能力。法院将其安排在封闭的精神病院中监护。

长期以来，两个精神错乱的人比邻而居，他们没有在医院受到照料，而是住在普通公寓里独自生活。而现在他们再也回不到自己的公寓了。

从天而降的人 ─

一名男子仰面躺在柏林弗里德里希斯海因人行道前的草坪上。他的肩部和肘关节处稍微弯曲,双臂放在靠近头部的位置,衣服整洁得让人难以置信,完全不像经历过打斗或暴力事件的样子。夹克、毛衣和T恤稍微滑到了肚脐上,露出牛仔裤上方极其苍白但完好无损的皮肤。与此相反,男子的头部和脸部却满是鲜血,脸部大面积的擦伤波及整个前额、鼻梁、鼻子的左翼、左颧骨以及脸颊。

在他身上没有发现钱包、身份证和其他个人文件。将死者小心翻身之后,发现他的夹克和裤子上沾有泥土和干涸的微红色液体,很可能是血液。死者身下的草坪上未见血迹。

当我到达现场时,一名调查人员对我说:"他似乎是从天上掉下来的。"急诊医生在确认该男子死亡之后已离开现场。

尸体发现地点被"飘逸胶带"(因为在风中可以美丽地飘扬)和警车封锁起来,众多看热闹的路人和第一批到达的记者聚在周围。在我接近尸体进行仔细检查之前,法医技术人员要首先采集痕迹证据,并保护织物的纤维痕迹。

如果涉及两个人(犯罪嫌疑人和凶杀的受害者)之间的接触,或对象在某处居留时,"痕迹学"如对纤维痕迹(也称为纺织品痕迹)的鉴定就派上用场了。取证技术基于这样一个事实,即每个人身上都带有周围环境中细小的纺织纤维,比如衣服或家具布料等,也包括特定环境留下的痕迹。这些痕迹对有过密切身体接触（如发生过打斗等）的情况具有特别的价值。纤维痕迹也就是所谓的微痕迹，肉眼无法看到，但刑侦技术能够使之变得可见。

犯罪现场调查人员在处理潜在的凶杀案时，为确保获得有效的纤维痕迹证据，会将死者的衣服用透明塑料胶带仔细进行检查。为了避免织物纤维从自己的衣服转移到要检查的衣服上，法证人员必须身着由塑料制成的全身工作服，塑料套鞋和橡胶手套也必不可少。衣物所在的位置会被详细记录在跟踪表中，每件衣物都必须贴上带有数字编号的胶条备查。除此之外，粘在衣服上的胶条也要拍照存档。然后国家刑警办公室纺织品痕迹实验室会对之进行鉴定评估。纤维痕迹的成分、状况和分布情况通常可以为侦破案件提供有价值的信息，也可以将犯罪嫌疑人和犯罪现场联系起来。在法庭上，作为证据的纤维痕迹重要性与指纹类似。为了不破坏纤维痕迹，"纤维技术人员"总是先于法医和其他犯罪技术人员对尸体进行检查。

五十分钟后技术人员完成了工作，轮到我们上前检查死者。当我第一次观察那个男人时，除了发现他脸上大面积的擦伤外，还注意到他左眼的上下眼睑因血肿而出现青紫色瘀斑，这在医学上被称为"单眼血肿"，因为血肿的形状让人联想到老式单片眼镜。如果两只眼睛都存在这种血肿，通常是大规模钝器暴力的结果，我们称之为"眼镜血肿"。眼睑内部左侧严重出血，右侧没有出血，之所以产生这样的结果，可能是因为凶手首先袭击了他的身体左侧。

我们在死者两只眼睛的下眼睑发现了苍蝇的卵。在眼睛、鼻孔或口中发现苍蝇卵会轻易误导外行，他们会判断该人物一定已经死去了数天。而实际上在夏天，一个人死后几小时，苍蝇就会将卵产在眼睑、鼻孔和口中。

还有其他迹象表明该男子的面部曾受到过严重的外部暴力侵害：他的上下颌移位（我们也称之为"异常"）。用手触摸死者面部中间和下颌时，能感觉到面部皮层下面似乎存在橡胶铰链状的物质。唇系带和牙龈被挤压，使下唇黏膜严重出血，口腔中几颗牙齿在血液中游动。死者的鼻子也异常柔软，这是鼻骨骨折的典型特征。他的面部貌似遭受过铁锤的重击。我们将他的身体翻转过来，发现他右耳廓鲜血淋淋，右耳道有血液渗出。这暗示该男子死于颅底骨折。

类似本案中的严重头部损伤大多是从高处坠落或遭受巨大钝物撞击造成的，如交通致死事故。由于死者头部严重受伤，自然死亡是不成立的。如果死亡是因心脏病发作从而跌倒所致，理论上头部也会受到伤害，但其程度断然不会像我们看到的这么严重。而且我们还注意到，死者躺卧的位置距离下一栋楼房有十多米远，在死者身下的草坪上没有发现任何血迹。因此可以断定，跌倒身亡之说绝无可能。

也许这名男子从旁边一个房子跳下来，然后被什么人拖到了草坪上？可是为什么呢？而且在人行道上和房屋前面的花园都没有发现血迹。

那么这里到底发生了什么？有没有可能这名男子在行走时撞上一辆疾驶的汽车，然后被撞飞摔到三米之外的草坪上？

然而这条街距离死者被发现的地点后面几米处就是墙壁，如果车从死胡同驶出，从技术上讲根本不可能在短时间内迅速提速，以如此快的速度将行人撞到几米外的空中。同样不太可能的是，一辆全速行驶的汽车如果是在驶进小巷时撞飞了那个男人，那么驾驶员很难在撞上墙壁之前把车辆刹停。

法证人员用放大镜对尸体周围进行了仔细的搜索，发现死者躺卧处的草地上有两条平行的沟槽，沟槽比地面和草坪低几厘米。两个沟槽之间的距离与死者被发现位置的两脚之间的距离相同，而沟槽的宽度也和死者的鞋跟宽度相符。此外，鞋跟上沾满了土和草，不似在草地上行走所致。死者显然是从街上被拖到草地上的，这也解释了为什么他上身的衣服被拉高、鞋跟被弄脏。至于他当时是否还活着，就只能通过尸检来回答了。

在我们将死者运到研究所开始进行体外检查之前，我们将场地留给了指纹取证人员。专业用语"指纹鉴定法"来自希腊语（daktylos：手指；skopein：外观）。指纹鉴定运用专门的技术对指纹痕迹（俗称"指纹"）的异同进行鉴别和评定。所有读过犯罪小说的读者都知道，司法人员可根据犯罪嫌疑人不小心留在现场或武器上的指纹来锁定其身份。所以，指纹鉴定也可以用来确认无名死者的身份。

每个人的手指和手掌上都有细小的皮肤纹路（乳突线花纹），伸出手用肉眼或者在放大镜下仔细观察就能看清。每个人的指纹都具有独特的乳突线花纹、排列和走向，可以有效地帮助刑侦人员破案。一个人的指纹在出生时就已形成，终生不会改变。借助所谓的生命扫描技术,可以在不使用打印机的情况下以数字方式记录指纹,并将其自动传输到数据库,与数据库中存储的指纹进行比较。德国新生代生物识别护照使用的就是这一技术——可在几秒钟内以电子方式捕捉、评估和锁定指纹对应的人。

来自乔治·奥威尔的问候……

法证人员采集完指纹,去和州刑警局以及联邦刑警局档案库中的指纹做比对,而我们则可以正式开始检查。

死者身高一米八,体重七十五公斤。我们发现他身体背部有极少数浅紫色尸斑,用手指按压不会消失。如果尸斑轻微或稀疏,则表明死者在死亡之前有过危及生命的失血现象。尸体所有大小关节都出现明显的尸僵,尚未开始腐败。初步谨慎估计,该男子的死亡时间最多不超过两天。至于将死者的直肠温度与尸体发现地的环境温度做比较来判断死亡时间的方法,在这里对我们没有意义。因为两者的测量温度均为十三点四摄氏度,这意味着死者的核心体温与环境温度相匹配。在人体核心温度和环境温度这两个参数之间不存在差异的情况下,这些参数自然就不能向我们提供有关死亡时间的任何信息。

令人感到惊讶的是,这个男人没有眉毛,它们显然是最近才被剃掉的。由于它丝毫不影响我们对死者的身份识别,我们认为这并非凶手所为,极有可能是死者本人做的。根据相关统计,在罹患精神疾病的人群中,剃掉自己眉毛的现象非常多见。这是否意味着该男子并非死于谋杀,而是自杀?

该男子的手非常厚实，手掌布满老茧。他显然从事过很多体力劳动，也许曾在农场或建筑工地工作。

但比起手头上的老茧，他左手内侧的两个水泡（大小分别为三厘米乘四厘米和二厘米乘三厘米）才真正引起了我们的注意。水泡分别在拇指和小指指腹的位置，两个水泡的伤口基部均已变红。一只水泡由于表皮破裂而暴露在外；另一个水泡尽管紧绷，但表皮仍然完好无损。我们用极细的针管从完好的水泡中抽出一些液体到注射器中。液体清澈，呈微黄色，稍后会在实验室进行分析，其炎性细胞含量和蛋白质含量可以给我们提供有关皮肤水泡活力的信息。看看水泡是否是在死后尸体腐烂的过程中形成的，例如腐败水泡。

保存完水泡液后，我用手术刀从水泡中取出少量组织样本，将之保存在福尔马林溶液中。之后实验室对水泡液进行的分析和对组织样本的检查证实了我们的怀疑，这两种皮肤变化都是烫伤所致。

在开始体表和内部检查之前，我们对死者进行了 X 射线检查。颅骨 X 射线检查显示死者左颧骨和左眶顶骨折，鼻骨架也有几个位置骨折，即"多发性鼻骨骨折"。胸部的 X 射线结果提示我们，死者脊柱和臂下两侧也有骨折。

尸检前对死者或仅对其身体某些部位进行 X 射线检查属常规程序，特别是因枪击致死或在严重受伤的情况下。X 射线检查可以清晰地检测出（"不透射线"）的异物，例如弹丸、弹丸颗粒、破碎的刀片和其他金属颗粒等，也可诊断骨折的程度及子弹伤的情况。

尸体解剖进一步确认了经由体表检查和 X 射线检测给出的猜测：该男子死于头部的严重暴力伤害。其颈部和面部软组织的解剖结果显示，我们在尸体发现地点对死者进行体表检查后做出的假设是正确的：他的上下颌骨多次骨折，上颌及下颌中的几颗前牙有的断裂，有的明显松动。

当我们用摆动锯将颅骨打开，取出大脑后，一共确认了前颅骨三处爆裂骨折和颅底的几处骨折，同时伴有相应的大脑皮层瘀伤和脑组织瘀伤。此外，左右眶顶已完全粉碎，该区域的大脑组织只是一个充满血丝的浆状肿块，不再是一个结构体。

如此严重的头部伤害会立即导致死亡。这说明该男子并非在重伤之下，而是在死后才被拖到柏林的弗里德里希斯海因区。该细节对日后依法律程序宣布的判决有着决定性的影响。受害者被绑架或隐匿时还活着或者已经死亡对于被告的量刑结果至关重要。如果属于前者，那么被告只会以"不提供帮助罪"也就是遗弃罪而受到起诉。

当我们打开胸腔和腹腔并取出内部器官时，发现它们异常苍白，由此断定该男子在死前曾大量失血。我们在气管和支气管中发现了泡沫状血液，这是活力的标志。颅底骨折后，血液进入喉咙，垂死的男子最后一次呼吸时吸入了血液。支气管中的血性泡沫状液体以及脑组织的大量出血是另一个证据，表明该男子在头部受到暴力袭击时仍然活着，也证明头部受伤是造成死亡的原因。

在解剖软组织和骨骼系统时，要首先"剥离"皮肤，然后将皮下脂肪和肌肉分层切开，检测其中的血肿或破裂，直到最终露出骨骼，再检查可能存在的骨折。这个从天而降的人向我们展示了他身上的几处颈椎和胸椎骨折，严重的骨折移位像一列火车与对面开来的另一列火车正面碰撞后的情景。其两条下臂靠近手腕部位的尺骨和桡骨也全部断裂。

血液酒精含量检测显示血液酒精浓度为零点三五每千毫克，这表明该男子去世时为轻度醉酒状态。对其静脉血液、心脏血液、胃内容物和尿液的化学毒理学检测结果均为阴性。后者说明该男子没有服用任何精神类药物，至少没有长期服用。换言之，如果他像我们最初猜测的那样因为患有精神疾病而剃掉了眉毛，那他肯定没有在医生那里接受常规治疗。

完成尸检后，我将自己的判断讲给负责该案的检察官，他一直都在旁边观摩，并且对我们的每项操作都表现出极大的兴趣。综上所述，我认为致命的颅脑外伤是从至少五米处跌落的结果。其他类型的钝器不可能导致如此大面积的颅脑损伤，尤其是考虑到双臂的尺骨和桡骨骨折以及脊柱骨折。该男子的头部必定撞在非常坚硬的表面上，这不仅造成了头骨和脸部受伤，还导致了骨折和扭伤。因此我们判断这是一种非自然的死亡方式，但是依然无法确认或排除是暴力犯罪、自杀身亡还是事故。

发现尸体的那天晚上，警方通过指纹比对确认死者为安德烈·季奇科夫。季奇科夫因为没有工作许可，几个月前曾在柏林的一个建筑工地被捕，然后在警察局被录存了个人生物特征信息。

第二天，柏林警方发布新闻稿，详细报道了发现尸体的经过和死者的身份，并指出严重的头部伤害是造成死亡的原因。文中还披露了他打黑工以及最近的庇护申请被拒的情况。调查人员通过这些信息搜索了可能认识死者或知道他曾与何人接触以及了解他死前行踪的证人。

很明显，这是一起典型的抛尸案。季奇科夫被人从死亡地点带到弗里德里希斯海因地区，试图掩人耳目。但那个人是谁？他想隐瞒什么？

在柏林警察局第一份新闻稿发布两个月后，警方又发布了另一份官方新闻稿。这次报道了对该案的调查结果："该案是一场自杀事件。"在他去世前，警方从一通匿名电话中得知安德烈·季奇科夫在穆尔登塔尔撒克逊人地区的一个农场里从事非法大麻种植。正是在那里，这位患有抑郁症的男子从二楼的一扇窗户跳了下去。

警方调查后发现，一个三十九岁的德国人和他二十二岁的伴侣也住在那个农场里，并开始对目标进行监视。监视一段时间后，检察官向主管法院申请了搜查令并得到批准。警察的机动部队和随行的毒品调查员找到了那片高度专业化种植的数千平方米大麻田。警方在温室中查获大约四千八百株不同生长期的大麻，检察官随后下令将其销毁。

四个小面包车大小的柴油发电机组可为一千个高性能汞灯提供八百瓦的能量，确保温室中适宜的温度。此外，室内人工林还配备了全自动灌溉和通风系统。两个六千升的水箱连接到灌溉系统，为植物提供所需的水分。供气系统通过风扇提供必要的通风，而排气系统配备了优质的碳过滤器，可防止大麻散发典型的甜味和浓烈的大麻味引起关注。照明、灌溉和通风系统都由操作员用手机和电子计时器控制。仅照明系统一项就花费了数十万欧元。

这四千八百株植物大约每年可产出六百公斤大麻，而街头销售价格约为三百万欧元。绝对是有利可图的生意。

我从功率为八百瓦的高性能汞蒸气灯猜到了季奇科夫左手内侧水泡形成的原因。根据实验室测试，水泡液是富含蛋白质的渗出液（炎症分泌物），包含分离的完整红细胞和少量炎症细胞，这表明水泡是在季奇科夫在世而不仅是尸体被运送时形成的。该水泡经显微镜检查确定是热损伤，即烧伤水泡。正如我在解剖过程中指出的那样，由于它们"在手掌上的相对位置"，很可能是季奇科夫在去世前不久被一盏炽热的汞灯烧伤了。而警方的调查也显示季奇科夫是左撇子。

室内种植园的一所房屋附近，警官在铺砌着鹅卵石的庭院二楼走廊窗子下方发现一大摊被沙土掩盖的血迹，地面距窗口约七米。脱氧核糖核酸，也就是DNA测试结果明确显示，鹅卵石上干涸的血迹属于死者。

令人惊讶的是，院子里的血泊离房屋墙壁有四米之遥，如果从窗口掉下来，那么这个距离有些远。对此只有两种可能的解释：要么是季奇科夫被抛出窗外前已经死去，要么是他在助跑中从大厅的窗口跃下。

第一种可能显然不成立。首先，将身高一米八、重七十五公斤的季奇科夫抛向空中四米，这需要具备超人的力量；其次，我们在尸检中根据生命活力征象确认季奇科夫在头部严重受伤时还活着。这表明他是奔跑着从二楼大厅敞开的落地窗跳下去的。我们确认他死于摔伤，根据尸检结果，他应该是头部向下跳出窗口，头和脸部撞在坚硬的鹅卵石路面上。鹅卵石破坏了他的面部和头骨，导致鼻、颌骨和颅骨骨折，撞击产生的动能也使他的脊柱多次受到压迫，在几个部位断裂。季奇科夫可能试图反身伸出双臂以缓冲巨大的撞击，从而导致两个前臂的尺骨和桡骨骨折。

三十九岁的大麻种植园主对自己非法种植大麻的罪名供认不讳。他称季奇科夫患有严重的抑郁症，他的妹妹几个月前死于白血病，而他因自己的庇护申请遭到德国当局的拒绝而沮丧不已，面临被驱逐回乌克兰的威胁。当他在院子里发现死在血泊中的季奇科夫时，他立即意识到，如果他打电话给医生报告死亡或者让殡仪馆搬走尸体的话，他的种植园将被"曝光"。因此，他将季奇科夫装进汽车后备厢，在黑暗小路的尽头将他卸下，拖到草坪上。DNA比对证明后备厢中发现的血迹属于死者。

犯罪嫌疑人在完成杀人行为后对现场的处理多种多样，这在犯罪学和法学上被称作"处理现场行为"。我在《车轮之下》一章中讲述了一起案件，凶手将受害者搬运到一条州际道路上，因为想制造死者亡于致命交通事故的假象，从而掩盖他们之前谋杀该男子的罪行。在《致命的奇迹》中您也阅读过一个案例：凶手在受害者死后将其斩首，然后试图将受害者的头颅扔进抽水马桶冲掉，这是防御性肢解的一种形式，犯罪者的目的是令受害者无法被辨认，以此给刑警和法医识别受害人制造障碍。其他手段还包括切断手指或清除指纹，以及焚烧尸体等。

此外还有另外一种情况与上述毁尸的形式不同，我们在法医学中将之称为"遗弃尸体"。正如本章描述的这个案例，遗弃死者尸体的人未必是凶手。遗弃尸体不一定与谋杀案有关，通常只是为了误导警察，掩藏与死亡无关的其他犯罪行为。

和季奇科夫案一样，因为在自己的地盘上发现尸体，免不了会受到警察没完没了的勘查和询问，发现者宁愿将尸体运到另外一个与自己无关的地方。与杀人凶手的移尸不同，"遗弃"尸体的人通常不会将尸体隐藏得天衣无缝。他们并不怕警察找到死者，只是希望自己能够不被骚扰，因此他们觉得没必要花费巨大的精力去处理尸体，如将其沉入河中或湖泊中，或者埋在森林深处。

无论哪种方式，弃尸都很难做到十全十美。如上所述，尸检通常会提供有关死亡地点的重要信息，或通过确认遇难者身份找到相关目击证人。

在这两种情况下，作案者除了要为自己犯下的罪行受到处罚，还会被加上一条"扰乱死者安眠"的控罪。《德国刑法典》第一百六十八条第一款规定：

> 不具有已故者监护权，夺取已故者尸体、尸体残骸

及骨灰，或对尸体进行侮辱者，处以最高三年的监禁或罚款。

即使与死者的死亡无关，隐藏尸体依然要负法律责任。

但有时候，精心隐藏的尸体并不一定是弃尸。这方面的内容我将在下一章为您介绍。

死亡隐匿

一个秋日，六十六岁的伯恩德·林根将一封遗书放在客厅的桌子上。给妻子艾琳的信已经寄出。他在信中向她解释说，他无法再忍受抑郁症的煎熬。收到这封信后，妻子感到恐惧，立即去寻找丈夫。她想，也许他尝试自杀失败了，也许她仍然可以带他回来。但是房子或花园里都没有他的踪影。艾琳·林根别无选择，只能向警方报告她可能已经死亡的丈夫失踪了。

德国警察每天约收到二百五十份失踪人员报告。联邦刑事警察局提供的数字令人恐惧。据报道，二〇〇七年德国约有六千四百人失踪，其中包括五百一十八名十三岁以下的儿童。六千四百名失踪者大多数是在失踪几天内被报告的案件，当然也有已失踪数十年的人。他们是否还活着，是否已成为犯罪和事故的受害者，是否曾经或正处于无助的境地，或者仅仅是"出走"，这一切我们只能猜测。最糟糕的情况就是，他们在一个未知的地方失去了自己的生命。

一般来说，如果有人出于不可知的原因离开了惯常居住地，其亲友就会向警方报告该人物失踪。但只有在证明这个人离开了其惯常生活环境（居住环境，工作地点），当前下落不明，并且能够假设对其生命或肢体构成威胁的情况下，警察才会进行搜查。当然，即使没有告诉亲戚朋友，一个完全可以支配自己的精神和行为能力的成年人也有选择他们居住地点的权利。因此,如果对生命或肢体没有可识别的威胁,确定失踪人员的下落并不是警察的任务。如果不能排除这种危险情况,警方通常会以"居住评估"为目标寻找失踪的成年人。

如果失踪者的下落已被确定,警方将会进一步处理此案。只有在此人身体状况良好,并非犯罪行为受害者,且本人亦未实施任何犯罪行为的情况下,案件才能被归档销案(因为其动机属于"离家出走")。除非先前经过被报告失踪的人同意,否则警察不会向亲属或熟人提供他或她的下落。

如果失踪者被发现死亡,那么就像所有在现场发现的尸体一样,涉及事故、自杀或谋杀的问题。

大家都知道,当一个人无声无息地消失时,其背后往往牵涉到一起谋杀案。同样,凶手也常常试图制造受害者失踪的假象。有个说法是,我们法医可以"像看书一样阅读"被害者的伤口。

有时犯罪小说家会问我,作为一名法医,我眼中完美的谋杀案应该是什么样的。不幸的是,我经常令提问者失望。我一贯的回答是:犯罪小说与完美谋杀有什么关系?所谓完美谋杀就是找不到尸体的谋杀,而没有尸体的犯罪片就不是犯罪片。

事实上,肇事者隐藏尸体而未被发现的情况越来越少。警方对犯罪活动进行长期调查的投入越来越大,而某些儿童谋杀案和强奸案的嫌疑人可以在很多年甚至几十年以后受到审判,其原因之一就是近年来犯罪学和法医学的各个分析领域都取得了长足的进步,最重要的是二十世纪九十年代的

DNA分析("遗传指纹")和毒理学分析的巨大发展。如今连极其微量的毒物都可以被检测到,包括非常罕见的毒物。使用DNA分析技术也解决了各种"悬案",包括那些二十世纪七八十年代无法解决的刑事案件。在某些情况下,这些过往的死亡罪案所涉及的各种文件和相关"痕迹证物"(受害者的衣服或犯罪现场工具)在警察档案室中会被保存数年甚至数十年之久。

七天后伯恩德·林根被发现死亡。他并没有被装在垃圾袋里,丢弃在远离市区的高速公路服务区;也没有被埋在偏僻荒远的沙坑中。他的妻子最终找到了他——当她在自家花园里揭开一个大雨水桶盖子时,发现了他。放雨桶的地方距房子只有几米远,他的死亡地点既远又近,虽然在房子附近,却在一个不会引人注意的地方。

警察接到艾琳·林根的报案便立即展开调查。尽管有遗书存在,但仍不能排除谋杀的可能性,因为不清楚伯恩德·林根是否是在逼迫之下写了遗书,好将暴力犯罪伪装成自杀。

当死者躺在我们研究所的解剖台上时,我首先阅读了刑警的报告,他们曾在现场,具有最直接的观感和印象。林根的尸体蜷缩在绿色塑料桶里。他的头靠在桶壁上,满是鲜血的前臂放在胸部,膝盖弯曲,摆出貌似虔诚的胚胎姿势。前臂内侧有几道深度不同的切口,其中一些切口呈开放状。尸体旁边放着几把血腥的剃须刀、一把血淋淋的面包刀、一把血迹斑斑的水果刀和一个酒杯。雨水桶底部布满凝固的血迹，死者的毛衣和裤子上也是。艾琳·林根一定永远不会忘记瞥见尸体的那一瞬间，就如同不会忘记桶里腐烂尸体的味道一样。

在尸检开始之前，我们检查了与死者一道被带到研究所的雨水桶。我们在这里发现了一个重要的细节：曾经封闭的桶盖内侧发现了喷溅上去的血迹，看起来像一个个惊叹号，这表明受伤的人当时有血压升高的迹象。也就是说，林根在桶里面的时候还活着，不可能是被谋杀后运到那里的。调查人员在雨水桶中发现的功能性手电筒也证实了这一点。

整个过程应该是这样的：伯恩德·林根写完给妻子的遗书后爬进了雨水桶，从里面盖上盖子，然后蹲在其中切断了动脉。毫无疑问，尸体解剖能够证实这种怀疑。

在前臂上，我们发现"双手腕内侧无数平行、不交叉的锐器暴力伤害迹象，切口深度不同，周围有深红色血液供应迹象，该部位的手部肌肉屈肌腱暴露在外。"用通俗的语言来讲，我们称之为"割腕"。人们自杀或自伤时，因为犹豫，在关键切创的周围会留下一些浅伤，正如我们经常在切开动脉的人中发现的那样。尽管已经下定决心自杀，但人们通常首先要测试疼痛以及是否能够以这种方式准确无误地杀死自己。法医学上称这些浅表切创为"试刀伤"或"逡巡伤"。

我们发现伯恩德·林根的切口均分布在持刀的手容易操作的地方，而且伤口是平行的，这表明他是自伤。而受害人并非出于自己的意愿被割伤的情况下，通常切口会非常不规则。由于受害人不能保持静止状态，所以伤口会深浅不一且纵横交错。

当我们分层切开死者前臂的软组织和肌肉以检查此处的血管、神经和肌腱时，我们发现两条尺动脉均遭横切断裂。腕部内侧的浅层皮肤静脉和右前臂的正中神经也被切断。两条尺动脉的破裂导致喷血，最终因失血过多而亡。

伯恩德·林根采取了互联网自杀论坛上一直不建议的方式：横向割腕。在横向切开血管时，通常会发生所谓的血管断端缩回。由于割伤的刺激作用，手腕上的血管断端回缩至周围组织，且断裂内膜向内卷曲形成血栓。血栓可以完全或部分阻止出血。可以说，除了凝血之外，断端缩回是人体自身防止出血的保护机制。因此许多割腕自杀的人都纵向切开手臂的动脉，这不仅可以防止切断的血管内膜向内卷曲，还扩大了被切动脉的面积。这就使得更多的血液可以在更短的时间内流出，加速死亡。

在检查林根的内脏时，我们发现了严重失血的典型体征，这些我们在前面已经提到过：尸斑稀疏，牙龈发白，口腔、咽喉和食道黏膜苍白以及内部器官贫血。我用剪刀剪开心脏的左右心室和靠近心脏的血管，几乎没有发现血迹。脾组织松弛无血，这也是典型的失血致死的表现。

毒理学检查进一步为我们提供了伯恩德·林根是死于自杀的证据。他静脉血液中的多西拉敏浓度为 $14.2\,\mu g/ml$。多西拉敏是一种助眠剂。我们还发现死者胃中的活性物质浓度很高，达到 $793\,\mu g/ml$，这表明林根死前不久服用了高剂量的药物（几乎可以肯定有自杀意图），大部分活性成分尚未通过胃到达小肠。如果林根在服用安眠药后没有立即切断动脉，那么他胃中的多西拉敏浓度将会低得多，而血液中的多巴胺浓度将相对明显升高，这意味着仅仅是药物即可导致他的死亡。

大脑中也有明显的安眠药中毒迹象。我们在尸检时将大脑从颅骨中取出来称重，然后再对大脑表面和动脉进行外部检查。我们将大脑切成约一厘米厚的十二到十四片，以便能够精确检查其内部结构。

给林根的大脑称重时，我们注意到其重量明显增加，而且有水肿的迹象，这都是中毒的典型病理表现。大脑对各种污染物或毒素的反应相对均匀，会由于脑组织中保水能力的增强而发生肿胀，无论是因为酒精、药物过量还是创伤（如脑震荡）。

伯恩德·林根药物中毒后割断动脉失血而亡。此前他曾写信和妻子艾琳告别，将之放在客厅中显眼的位置，然后躲入自家花园的雨水桶中死去。为什么？他在自杀前为何像凶手一样把自己藏起来？

这种行为使我想起受伤或衰老的动物，它们会到一个隐蔽的地方等待死亡。比如著名的大象墓地，据说众多老年和患病的大象临死前会跑到那里，然后和平安静地死去。

事实上，许多厌倦生活的人出于对亲属的考虑而在居所以外的地方自杀。他们不想让自己的住处沾上鲜血，也不想让亲属或室友发现自己的尸体。我们在那些使用"硬"自杀方法进行自杀的案例中尤其能观察到这种行为，例如从高处跳下、上吊或使用尖锐器物（刀和其他切割工具）进行自杀。

但在自杀前进入雨水桶并盖好盖子的人肯定不单单是出于对家人的体贴。这样的人希望死亡的那一刻和死后都像在生时一样孤独。他不想在离开世界的时候被看见或打扰，其中一些人甚至永远都不想被发现。他们以"被地球吞噬"的方式进行自杀，切断了自己与这个世界之间的所有联系。法律医学文献中将这种自杀前的隐匿行为称为"自杀性洞穴行为"。

伯恩德·林根意欲在孤独中安静地死去，但他同时也考虑到了妻子的感受。这就是为什么他写了遗书。而在她最终找到他之前，他几乎没有办法阻止她在希望和恐惧之间陷入煎熬的困境。

路人偶然发现的一名四十四岁男子尸体的案件表明，自杀藏身之所的选择范围非常之大。一男子被发现吊死在柏林森林中两米半深的维修井里。用厚钢板制成的人孔盖几乎完全覆盖了入口。是竖井附近的一个帆布包引起了路人的警觉，进而发现了尸体。经查证，背包的确属于死者。调查后发现，该男子因抑郁症长期接受住院治疗，但他过早地终止了治疗。

由于发现尸体的位置颇不寻常，柏林法医部的执勤医生被召到现场。法医对悬挂的尸体进行了体表检查，并对死亡情况进行了初步评估。该男子显然已经死亡几天，这可以从自然缓解的尸僵和开始腐败的尸体上得出结论。

他将一根麻绳连接到一个铁爬梯的维护轴上吊死了。由于藏匿地点非同寻常，调查人员最初认为这是一起谋杀案。但是除了该男子的精神病史外，调查人员还发现井盖可以轻松被移动，这可使该男子在已经将套索套在脖子上的情况下毫不费力地从竖井内部关闭盖子。另外，死者的住所离现场仅几百米。

而竖井口旁边的背包呢？

或许是那个男人的疏忽，因为他太渴望离开这个不怎么美好的世界了。又或许是他内心冲突的信号，一方面他毅然决定孤独地死去，而另一方面却又希望他的尸体能够被发现。

即使可以清楚地确定这两个选项中的哪一个与本案更相符，这毕竟还是不属于我作为法医的职责范围。然而，自杀的种种极端行为，特别是自杀性洞穴行为，更需要法医保持职业距离和思维的客观性。

然而又能如何？自杀事件在我日常工作中处理的非自然死亡案件中占绝对主导地位。虽然我也处理过谋杀案，但从本书描述的案件可以看出，那些选择结束自己生命的人更为常见。

对于某些人来说，自杀是不可想象的；对另一些人而言，则是他们逃离一个没有爱与被爱的世界的最后机会。我有足够的理由在此处为该主题再提供一些基本认知：

自杀被定义为"毁灭自己的生命"。"自杀"一词来自拉丁语（sui：自己，caedere：杀死）。由此衍生出一整套术语。

自杀者是被所谓的自杀倾向驱动的。自杀行为是由某些特定原因造成的,如心理或身体上的严重疾病,或者失去亲属、生活伴侣。自杀方式的选择常常以生存的可能性作为考虑的因素,例如:自杀者如果割开手腕内面或前臂,但并没有切断动脉,则只会导致出血。医生和心理学家还谈到自杀未遂的"乞求同情"特征,这是他们为引起关注、寻求帮助的呼声。

自杀未遂者通常会受到永久性的伤害。比如切割动脉遗留下来的疤痕,或者因片剂中毒而导致的严重的心理和身体上的残疾。得以实施的自杀数量是自杀未遂的十倍,而女性自杀率是男性的两倍。

纵观整个人类历史,自杀并不总是意味着消极和绝望。在某些政体和文化中,自杀被视为一种务实的解决方案,即离开一个因价值观不相融而无法生存的世界。哲学家塞内卡被罗马皇帝尼禄勒令自杀就是一个例子。他让仆人在朋友面前切开自己手腕的静脉,当时的罗马人会严格遵循这样的指示,但今天会被当作积极的安乐死而被起诉。塞内卡一直与那些将自杀描述为"生命中的罪恶"的哲学家打交道。对于斯多葛派的实践者塞内卡来说,自杀意味着个人最后的自由。

我们都知道日本武士,十二世纪时他们以短剑,即肋差[①]来切腹自杀,用他们的尊严和荣誉效忠君主或惩罚迷失的自己,就像罗马人一样。用刀在肚脐下方约六厘米刺入,然后从左向右横切,再从下至上直切。这样,腹主动脉被完全

---

① 也有"怀剑"说。

切断，导致出血死亡。直到一八六八年明治维新的时候，切腹才被禁止。

武士及武士道精神虽然已经成为历史，但这种众所周知的自杀方法却无法通过禁令和社会、政治变革彻底消除。我在二〇〇八年冬季看到过这种武士道精神的追随者。一名全身赤裸，身上沾满鲜血的四十六岁男子被他的伴侣发现身靠墙壁死在卧室。卧室整个地板都沾满鲜血。在尸检揭示真相之前，警察最初以为是一起野蛮谋杀案。这名被诊断为精神分裂的男子躺在地板上，用一把长约三十厘米的面包刀切开了自己的腹部。

可惜无论是塞内卡的自由主义概念还是失落文明的荣誉感，都没有给我们指明自杀以外的其他道路。

幸运的是，自二十世纪八十年代以来，德国的自杀人数一直在稳步下降，从一九八〇年的一万八千四百五十一人减至二〇〇六年的九千七百六十五人和二〇〇七年的九千四百〇二人。根据经合组织的一项研究，德国平均每十万居民中有十人死于自杀。排名最高的三个国家是日本（18），法国（15）和加拿大（11）。

与其他工业化国家一样，德国自杀率的大幅下降可能是由于医生和护士接受了更好的教育和培训，能够更早地发现抑郁症（自杀的主要原因），并且可以更成功地治疗它。与几年前相比，德国的医生现在也开发出更多的精神药物，而且新抗抑郁药不再像以前的制剂那样具有严重的副作用。这些副作用如恶心、呕吐或循环系统问题，通常会使许多患者在不咨询精神科医生的情况下停止服用药物，和抗抑郁药的副作用相比，他们宁愿接受自己的病情。

同时，越来越多的患者开始将抑郁症视为一种疾病，而不再是自我污名，并愿意向医生倾诉他们的问题和恐惧。通过药物治疗和心理疏导，许多人摆脱了抑郁症的困扰，找到了比自杀更好的解决方案。

尽管自二十世纪八十年代以来自杀率不断下降，但二〇〇七年德国死于自杀的人数（9000）依然远远超过死于交通事故（4949）和凶杀（2347）的人数。与抑郁症（某种意义上也是自杀）的斗争一直在继续。

致命货运

夏末的一个清晨，在柏林机场的公共区域，负责清洁的工作人员在将垃圾袋扔进垃圾箱时，发现了一个貌似南部国家面孔的人，已无生命迹象。该男子躺在前一天被扔进去的垃圾袋上。

机场的急诊医生与两名护理人员从垃圾箱中捞出了那名男子，他们能做的只是确认其死亡。在机场值班的联邦警察迅速赶来，他们和急诊医生一起检查了死者的口袋，找到了一本委内瑞拉护照和一千五百欧元现金。以此判断，这似乎并不是一起抢劫杀人案。

与护照上的照片进行比较之后，确定死者是霍拉西奥·加尔维斯·科尔佐，他来自委内瑞拉西北部一个大型港口城市马拉开波，今年三十二岁。当然，该护照经查并非伪造。在柏林凶杀案委员会的调查人员到来之前，联邦警察通过警察信息系统查询，发现霍拉西奥·加尔维斯·科尔佐在系统中从未有过记录。

警察信息系统的数据是由警察、联邦警察和联邦刑警办公室共同维护并不断更新的。它列出了触犯刑法、有过出庭审判记录的人员信息。除了姓氏、名字、昵称、出生地、出生国家、国籍、性别、所犯罪行的案件数据、监狱数据和犯罪记录外，登记册还包含详细的个人描述，包括特殊的身体特征和个人信息，如"暴力""武装""吸毒""性犯罪""逃逸""有动机的右翼罪犯"或"暴力运动"（例如暴力团伙或足球流氓）等。最初，在警察信息系统投入运行后，立即遭到数据保护主义者、政治家和新闻工作者的激烈批评。他们的法律依据是《刑事诉讼法》《联邦刑事警察局法》《联邦和州政府刑事警察事务合作法》以及《联邦数据保护法》。将警察信息系统与其他警方和联邦数据信息系统如德国联邦汽车运输管理局联网，系统会在几分钟内提供必要的信息，比如根据车牌号来查询某台车辆是否被盗，是否报失等。

检察官通过电话下令立即进行尸检，以确定霍拉西奥·加尔维斯·科尔佐的死因和死亡情况。在将尸体转移到法医研究所的过程中，法证部门的同僚开始工作，他们仔细检查了垃圾箱和尸体发现地的周边地区。同时，凶杀委员会的警察在机场现场努力寻找潜在的证人，寻找那些在前一天晚上或当日清晨看到过可疑人员或者发现了其他异常情况的目击者。当然也检查了科尔佐的名字是否列在某次航班的乘客名单上。

死者被运送到我们研究所时，身着风衣、牛仔裤、牛仔衬衫、内裤、袜子和皮鞋。衬衫是敞开的，从裤子里拉出来。部门助理给科尔佐脱衣后，我在他健壮的身体背部一共发现七处擦伤。擦伤不规则地分布在肩胛骨和后背右侧之间的位置，长度在三厘米到六厘米之间。由于无出血和皮肤发炎反应，说明这些擦伤是在死后形成的，我怀疑是凶手处置尸体时或急诊医生和护理人员从垃圾箱里捞出他时留下的。

随后的显微镜检查证实了我的怀疑。伤口区域未见红细胞和炎性细胞的聚集，它们只能在活人的伤口边缘形成，将受创组织与未受伤的皮肤和软组织区分开，也可以说是伤口区域的所谓"分界"。

更有趣的是，我们在体表检查中获得了突破性的发现：死者鼻孔和嘴角的泡沫覆盖物。覆盖物部分是液体，部分是干燥的，由极细的浅粉红色泡沫组成。法医学将其称为"蕈状泡沫"。蕈状泡沫看起来像厨房水槽中清洗餐具时含有大量清洁剂的小泡沫，或者像打开一瓶经过摇动的啤酒瓶后升入瓶子颈部的啤酒泡沫。死者口鼻上的泡沫是该男人生前曾患肺水肿的有力证据，肺水肿即肺组织中的液体积聚增加（通常称为"肺部积水"）。

肺水肿一般不是由器官本身的疾病引起的，而是对某些疾病的反应，如心脏病（左心衰竭）、严重烧伤、血液中毒、创伤等。由于躺在我们面前的是一个健壮的运动型男人，因此似乎左心衰（慢性左心室衰竭）才是导致肺水肿的原因，况且我在体表检查中也没有发现任何烧伤和血液中毒的迹象。血液中毒最常见的表现是因凝血功能受到细菌或病毒的损害而产生的皮肤出血现象，也会导致无法控制的内脏出血。此外我们还排除了多发伤，因为用手触摸和按压颅骨、面颅骨、胸和骨盆，它们不会非自然地活动，也未发现有严重的"骨摩擦"现象。

在尸检过程中要一厘米一厘米地对手臂和腿部进行触诊。骨摩擦表现为骨擦音或骨擦感，不仅能够感觉到，而且还能听到啪啪作响的破裂声，这是典型的骨折迹象。这种可恶的噪声是骨折后两骨折端相互摩擦撞击而引起的,医学上称这种摩擦为"骨擦音"。

检查中并没有发现蕈状泡沫的其他成因,其实我在打开胸腔之前就确信中毒是导致肺水肿和霍拉西奥·加尔维斯·科尔佐死亡的原因。当我用专门的肠剪打开腹腔、切开死者的胃和肠道,并直接看到小肠内部时,我强行抑制着自己的惊喜:

一共二十六个小塑料袋,每个塑料袋长二点五厘米,宽一点五厘米,所有塑料袋都用胶带反复粘了几次,一个个的小包装。每包约含十五克粉状物质。

被切开的结肠向我们提供了导致这个南美人中毒身亡的关键线索。我们在结肠中发现了两个相同却中空的塑料袋,还有从塑料袋上分离、缠绕在一起的胶带。

从胸腔中取出的双肺也验证了我对死者患有肺水肿的推断:他的两个肺分别重八百二十克和九百八十克,是这个年龄段健康男性肺重量的两倍以上。在气管和支气管中,我再一次发现在体表检查时就看到的蕈状泡沫。在切开的肺组织中也有大量泡沫状的浅粉色液体流入器官台下的收集盆。

如果是严重或致命的中毒,人体会迅速对此做出反应,大量液体在肺组织和呼吸道,即支气管和气管中聚集。这在医学上被称为"中毒性肺水肿"。该反应与摄入的毒物类型无关——无论是酒精、海洛因、可卡因还是苯丙胺中毒,甚至药物过量都可能引起。不管毒物是通过口(在食物或饮料中)、静脉(注射)或通过呼吸道(吸入)进入体内,人体所做出的反应总是相同的。

有毒的水肿可导致液体从肺部毛细血管进入气囊,使得充满液体的肺泡不能再为身体提供足够的氧气。对于有生命的人,检查可以听到两肺的哮鸣音,听起来像是用吸管将空气吹进半满的可乐罐中。水肿的临床表现是呼吸急促、胸闷窒息,若没有及时得到医疗救助则会导致死亡。

我们对在死者小肠中发现的二十六个包装完好的物质进行了毒理学检查,检查结果揭露了引起肺水肿并杀死霍拉西奥·加尔维斯·科尔佐的原因:可卡因,毫无疑问。血液和尿液的毒理学检查也提供了相关证据,因为在那里检测到了相同的物质。

为什么科尔佐会用身体运送可卡因?答案当然是稀松平常而又令人恐惧的:因为身体差不多是唯一一种不易被检查的运输工具。海关当局对"跨境货物运输"不再局限于人工行李检查和尸体搜查,还扩大到使用毒品扫描仪和毒品搜查犬有效地对付走私者,这就促使有组织的贩毒集团想办法运用一些手段来继续开展业务。尽管海关采取了极其严格的控制措施,他们还是以欺诈手段瞒骗海关并进行国际毒品交易——尤其是通过飞机将毒品迅速从南美运送到欧洲:他们雇用了一批男女,将毒品藏在身体中,外观上看不出破绽,连缉毒犬都嗅不出来。

霍拉西奥·加尔维斯·科尔佐曾以毒品快递员,也就是"体内携毒者"的身份旅行,并不幸死于自己运送的货物。

利用人体胃肠道进行走私主要是运输大量非个人用途的

毒品。这些毒品通常被包装在小塑料袋或者放进安全套、橡胶手套和气球中。毒品快递员在登机前几个小时吞下装有可卡因（很少有人吞海洛因、安非他命和狡诈家药物[①]）的二十到三十个塑料袋。

临近飞行之前，毒品快递员会服用止泻药。这些药物可抑制和减缓肠蠕动功能，使肠道里的内容物不易转移。这是为了防止毒品快递员或体内携毒者提前将货物排泄出来。

到达目的地后，即刻给他们服用泻药，因为是时候交货了。

人体运毒产业链在南美已发展得相当成熟。那里大规模贩毒集团对新招募的毒品快递员都会进行全面的培训。这些人必须在营地驻扎并学习，他们要学会使自己的肠子能够适应足够的压力。为此他们必须吞下大量李子大小未经咀嚼的葡萄，然后服用止泻药以抑制肠蠕动，使肠中的水果不再继续被输送，并且要在长达三十六小时以上的时间里抑制住排便冲动。这大致相当于从毒品出发地到目的地，环绕大西洋旅行所需的时间，其中还包括不可预测的延迟和中转停留。"训练营"里还教导未来的毒品走私者进入特定目的地时应如何表现。毒品快递员通常不携带任何行李，他们会从雇主那里收到大量的现金，足以满足在目标国家或地区的旅行需求。

但是有时候所有的训练和药物都无济于事，使得毒品快递员不得不在厕所里将毒品排出体外。在这种情况下，他会

[①] 狡诈家药物（designer drug），是一种经过特殊设计，很难在正规药物测试中检查出的药物，以逃避管制。精神类药物、兴奋剂等都可被制为狡诈家药物。

得到雇主的严格指令，要求立即重新吞下毒品包装。

几年前一位联邦警察告诉我，海关的一位同事曾经因口臭识别出一个体内携毒者。携毒者在飞机的洗手间吞下了几包排泄掉的毒品，在过海关时被发现口臭，这种口臭的味道颇不寻常，令人极不舒适。也许雇主除了要给携毒者大量现金外，还应该给他们准备牙刷、牙膏和强效漱口水……

因自然消化而造成的货物损失表明，人体作为运输工具的用途有限，而且运输容器也并不是安全的。安全套、塑料手套和气球并非为了包装可卡因或其他毒品、并通过人体肠道而设计。我们在死者肠道中发现的包装残骸表明两个塑料容器已经破裂，这些释放出来的可卡因迅速通过肠黏膜进入血液循环。而近三十克的剂量足以使人在短时间内因急性可卡因中毒身亡。可卡因的平均致死剂量为一到两克，毒品运送者携带的是这种致命剂量的十几倍。难怪很多毒品快递员不能活到达目的地。

根据包装材料的稳定性和类型，毒品包装也可能会在胃部而非肠内破裂。而且众多使用人体运输毒品的毒贩显然不知道：即使包装并未破裂，毒品快递员也有可能会因可卡因中毒死亡。只要包装材料不够紧密就足以致死。安全套的塑胶材料是可以释放毒剂的半透膜，即使只是逐渐释放。事实证明安全套在这方面尤其不可靠，毕竟它不是为长时间使用而设计的，即使作为单纯的安全套使用也是如此。并且由于其特定的应用领域，意味着它的质地是薄而不是厚。

当可卡因透过安全套的膜壁释放时，它首先会不知不觉进入到血液中，直到剂量逐步增加，携带者被毒死为止。这时对于毒品快递员而言，任何救助都为时已晚。

警方调查显示，护照名字显示为霍拉西奥·加尔维斯·科尔佐的男子是在被发现死亡的前一天从哥伦比亚首都波哥大经阿姆斯特丹飞往柏林的。他显然是一个人旅行。一名在阿姆斯特丹登机的女学生做证说，他就坐在她旁边。他屡次离开座位，并不断擦拭额头上的汗水，脸色苍白，在约一小时的飞行时间里曾几次造访厕所。在飞机降落时，一位空姐曾敲厕所的门，大声要求他回到自己的座位上去。

法证人员对垃圾箱及发现尸体的区域进行了痕迹搜证，没有找到什么关键性证据；警方试图寻找可能看到什么人与科尔佐在柏林机场会面的目击者，同样没有结果。

毒品快递员之死是一起典型的抛尸案。他抵达柏林机场后，成功完成入境手续并通过海关，但因可卡因过量而死在机场区。他的联系人一直在机场等他，一定看到他多半是活不成了。他们急于摆脱这个男人，甚至都不在乎他的护照和他随身携带的一千五百欧元现金。他们当然没有打电话给医生，而是把他像破行李一样扔进垃圾桶里。

抛尸罪行在与毒品有关的死亡案例中非常普遍，不仅限于毒品快递员，还包括一般的吸毒者。如果有吸毒者被发现死亡，在他身上一般找不到常规的器具，如皮下注射器、勺子、打火机或药物容器。有时是有人将这些器具拿走了，但大多数情况下是死者的尸体被转移了。其原因是：一同吸毒的同伙担心被发现，并以非法持有毒品罪和不予救助罪被起诉。

在这种情况下,死者尸体上的运输损伤并不少见,就像垃圾箱里的男人背部的皮肤擦伤一样。

在毒品环境中的抛尸行为异常奇特,经销商和消费者可怕的想象力显然是无限的。在柏林,一个被烧毁的手提箱里惊现一个十四岁女孩烧伤的尸体。尸体解剖和毒理学检查都明确显示这名女孩是死于海洛因过量,之后有人将其带离死亡地点,将汽油浇在箱子和尸体上放火焚烧。

在另一起案件中,因服用鸦片类药物而死的年轻人在自己住所的地下室被他的经销商砌进墙里,两年半后才被发现。这还是因为有一只猫常在墙前大声喵喵地叫,引起房主的怀疑并通知了警察。该案听起来像是埃德加·爱伦·坡的小说《黑猫》的翻版,而在法医界,这类案件始终是一个可怕的现实。

杰西卡案 ———

其实在我给这名七岁的小女孩进行尸检之前已经有人警告过我,她会在全国范围内造成巨大轰动,因为这是一起蓄意且残忍的儿童疏忽案例。

调查档案中的照片使我对这个女孩死前地狱般的遭遇有了初步的印象。检查过杰西卡的"监牢"并下令逮捕她父母的刑警也向我描述了案发现场:即使站在屋中,只有在通往走廊的门是敞开的情况下才能识别出小房间的轮廓。没有光,唯一的窗被黑色不透明胶带封死了。女孩已经在这间屋子里待了五年,而在最近几个月里,由于饥饿和虚弱,她甚至无法爬行。

急诊医生对死亡的孩子进行粗略检查后立即通知了警方。杰西卡瘦弱的身体奇怪地缩成一小团,七岁的她仍穿着纸尿布,腹股沟区用电线固定,小小的房间里一片漆黑,只要看到这个场景就知道疾病不是导致女孩死亡的原因。杰西卡是死于令人难以置信的父母疏忽。

此类案件警方一般会很快处理。刑警专案组迅速通知了检察官办公室,检察官即刻下令对尸体进行尸检。

对我而言,此次尸检的目的不是为了确定谋杀,涉案人维拉·费希纳和她的伴侣奥托·赫布纳已被拘留。尸检任务只有一项:确定和记录杰西卡死亡的细节,以作为审判和量刑的基础。

虽然我知道此次尸检只是常规操作，虽然我事先已经掌握了某些事实，刑警也告诉了我很多信息——即使如此，接下来的六个小时中发生的一切依然深深震撼了我。

我看着解剖台上那个赤裸的小身体。女孩的衣服放在一张桌子上：杰西卡在尿不湿外面穿了一件绿色的T恤衫和蓝色工装裤，看起来像数周甚至数月都没有换洗过的样子。

我已经学会在工作中和受害者保持足够的距离，但这并不意味着我对发生的一切都无动于衷。杰西卡死前，她的父母曾打电话给急诊医生，把"孩子饿了就打电话向急诊医生求助"当作一件理所当然的事。母亲告诉当值医生："我总是给她吃东西。"所以当值医生在日志中记录道："她昨晚吃了鸡肉和巧克力布丁。"

而我所观察到的似乎也证实了维拉·费希纳的说法：女孩的口部和下巴糊满黏稠的深色污垢，显然是呕吐物：鸡肉和巧克力布丁。

在尸检之前通常要先测量体重。杰西卡体重不到十公斤，身高只有一米〇五！而一个正常七岁孩子的身高一般是一米一三到一米四，体重在十七到三十公斤。根据滑铁卢分类，杰西卡属于严重的慢性营养不良。

我的目光扫过秤的示值和死者，一幅幅集中营遇难者的图像出现在我的脑海里，就像我学生时代在书籍和电影中看到的那样。为了找到生动形象且具有可比性的资料充实我的验尸报告呈交法庭，我后来又不得不来到了华沙犹太人档案馆。

尸检提供了更多的证据。没有发现肌肉、脂肪和组织的迹象。我只看到一层黄白色羊皮纸般薄薄的皮肤铺在骨头上，面颊消瘦，双目凹陷，短短的头发干枯而脆弱，有几簇被扯掉了。

我没有发现任何外部暴力的痕迹，这并不奇怪。因为这并不是关于身体暴力，而是绝对的冷漠：杰西卡并未遭到殴打或虐待，而是被监禁起来，被父母排除在生活之外。

尽管没有强奸的迹象，但肛门生殖器区域的境况令人震惊：肛门和阴道被结痂的污物覆盖，已经变硬的粪便从直肠中突出来。整个区域严重发炎。后来我看到尿道、膀胱和肾盂也发炎化脓了。

腿骨向内强烈弯曲，这是佝偻病的特征。杰西卡的一只腿骨在试图站立行走时被折断，无法自然康复。由于骨质不能钙化，骨骼不再能够支撑体重，杰西卡只能用四肢活动，直到最终被饿死。实验室的血液检查显示女孩血液中维生素D含量过低。这是预料之中的，因为如果人体能够接受足够的紫外线，即可从自身的胆固醇中获得这种维生素，而维生素是构建骨骼的关键因素。维生素D对于钙和磷酸盐的代谢是必需的，因此对于牙齿和骨骼结构的生长也起着至关重要的作用。这个七岁女孩的腕骨相当于三岁女孩的骨骼发育程度，迄今为止这在世界范围内都没有先例。杰西卡生前的日子显然是极其黑暗的。

警方经过调查发现，杰西卡最初在一个小镇长大。以前见过这个孩子的邻居回忆说："那是个不起眼但快乐的孩子。"

自从父母搬进城里后,她的苦难就开始了。从那时起,杰西卡一直被关在黑暗的房间里,没有玩具,忍受肮脏和饥饿,像动物一样被完全忽视。要么不给她吃任何东西,要么就给她吃很少食物。邻居们从未见过这个孩子。当父母领着政府的救济金和儿童金日日夜夜在酒吧和娱乐场所吃喝玩乐时,杰西卡独自一人被关在狭窄而黑暗的房间里。暖气的调节器被电线固定在零级,电线与固定杰西卡尿不湿的线类似。杰西卡在冬季必定承受了极度的寒冷。当她刮掉墙上的灰泥来让自己产生吃东西的幻觉时,陪伴在她父母身边的是一只吃饱喝足了的猫。

主审法官在宣判时说:"这样的行为是不可想象的。"我作为专家坐在法庭上,有机会亲眼看到杰西卡的父母:维拉·费希纳神情呆滞,而她的伴侣奥托·赫布纳目光在辩护律师和他的手表间来回游移。尽管维拉·费希纳与酗酒的母亲在一个"被忽视的家庭"里度过了一个"悲惨的童年",十八岁就生下第一个孩子,并很快将孩子送养,但精神科专家在孩子母亲那里并没有发现她曾产生过愧疚感的证据。法官表示,绝对不能以任何理由或根据为这种令人发指的行为辩护。另一方面,奥托·赫布纳被定为限制责任能力人,这是基于其早年的大脑损伤和长期酗酒,以及严重的情感缺陷所导致的社会适应障碍给予的判决。

杰西卡的父母因谋杀罪被判终身监禁。

法官在宣读判决时对杰西卡的父母说:"您的行为源于无情、麻木和恶意的认知,因为您只想与朋友在声色犬马中度过一生。"

如果我有机会对杰西卡的父母或其他被忽视儿童的父母说些什么，或者以法医的身份为法庭提供建议，我会这样做吗？答案是否定的。我的工作仅限于发现与犯罪有关的医学事实。解剖台上死者的命运往往是可怕的，这就容易使法医将个人的情感代入，向死者亲属揭示死亡真相或者明确提供证据给肇事者定罪。但这并不在我的权限范围之内，而且会损害法医必备的客观性和公正性。

虽然如此，但作为两个孩子的父亲，我对这起极端残酷的忽视案例的确有一点想法，我想知道杰西卡的父母究竟为何会犯下如此难以置信的错误，以至于会发生这种令人发指的惨案。忽视儿童是否是我们时代的社会现象？因为杰西卡不是一个孤立的个案。并不仅仅是那些疲于奔命的父母，还有所有在痛苦中生活又在痛苦中死去的人们，他们周围没有任何人意识到这一点，大家都漠不关心。杰西卡无人照管，她没有朋友，没有亲戚，也没有医生和相关部门过问！尽管她过了接受义务教育的年龄，却并未出现在学校，她的父母只是收到了一封提醒信件。渐渐地，杰西卡消失在她本应生存的环境里，再也不被看见，直到最终不复存在。

尸检集中在以下问题上：忽视所造成的众多身体伤害中，

究竟是哪一个最终导致了死亡。

杰西卡的身体已经完全没有皮下脂肪。肺和肝等器官中几乎没有血液，基本功能已经丧失。她所有的内脏仅占正常体重的百分之十至百分之十六。

在胃中我们果然发现了来自前一天晚上的残余食物。纤维结构和深色材料是肉和布丁——鸡肉和巧克力布丁。我们还在粥状残留物里发现了女孩的头发与墙壁上的灰泥以及地毯和墙纸的混合物。这一切都表明杰西卡饿了。

但事实并非如此。

真实情况是在我们打开杰西卡的大小肠后发现的。我们想知道杰西卡晚上吃下的食物有多少被消化了。我们得到了一个奇怪的答案：完全没有，因为根本没有剩余的空间。小肠和大肠完全被粪便结石阻塞，直至肛门，粪便由于缺乏水分而硬化成结石。这些粪便重达八百克，而这使得杰西卡的体重相对于标准体重又下降了百分之十。

为了了解女孩体内液体缺乏的严重程度，我们必须首先确定她体内的尿素含量，分析眼睛的玻璃体液。毫无意外，我们发现尿素含量达到每一百毫升二百一十二毫克的极高值，这表明生前体内水分严重不足。由于缺乏液体，肠内增厚的粪便无法排出，这就是整个肠道被阻塞的原因。由于便秘，肠道运动功能在某一刻丧失，从那时起，杰西卡的肠道便不能再运输食物。当杰西卡终于有东西可吃时，她却无法消化任何食物，她实际上是这样被饿死的。

打开气管和支气管时，我们在呼吸道中发现了与胃中相同的食物残留。现在我们知道了杰西卡是如何死亡的：当女孩终于得到食物时，她吞下了它们。食物到达胃部即停止输送，因为肠中的粪便结石阻塞了食物进一步消化的路径。之后出现胃痉挛，食物的一部分被杰西卡呕吐出来，而另一部分进入气管和呼吸道。异物阻塞了气管和与之相连的支气管系统，导致杰西卡无法呼吸。杰西卡最终死于窒息。

这就是杰西卡残酷而讽刺的命运：在长时间挨饿之后，父母终于给她送来了食物，而这个濒临饿死的孩子却死于她的最后一餐。

永久保存 ————

一个晴朗的夏日,一对年轻夫妇在湖上泛舟游览。突然,他们看到一个貌似麻袋、篷布或树干的物体。然而漂浮在水面上的却是一具人的尸体。

对于游人而言,目击水上浮尸总是不同寻常且令人震惊的经历。当水警赶到并用船钩将尸体打捞出来后,这些专业人员却对眼前的尸体惊讶不已,原因有两个。

其一,尸体看起来不像溺亡。与在易北河畔发现的头部相反(请参见"合二为一的调查"),死者面部轮廓仍然清晰可见。他整个面部像被敷上了一层蜡质,其组织也没有典型溺尸的海绵状和柔软性。

但更加令人感到诧异的是死者身上保留的衣服,它们似乎与当今时尚格格不入:一件已被水软化的白色荷叶边衬衫,看起来像十九世纪的礼服外套,胸前还打着礼结。这身装束和当下服装潮流相差甚远。还有死者左脚穿着的鞋子,鞋底镶有粗大的钉扣和黄铜扣环,仿佛来自几个世纪以前。

水警、警官和年轻夫妇都既激动又好奇,他们对这具身着老式服装的尸体展开了种种猜测。

有人说:"他来自上一个时代。他的尸体可能已经在水里泡了数十年,甚至几个世纪了。"

水警说:"要是那样,死者的脸就不这么容易辨认了。"正是这名水警用船钩将死者从湖中打捞出来的,他吹嘘说这是他服役十一年来第十二次以单手"从激流中抓住"的尸体。

一名警察说:"从衣服看,尸体好像已经在水中泡了数百年。"

"但脸看起来不是这样。"和女友一起发现死者的年轻人说。

犯罪现场的一名刑警技术科调查人员说:"也许是他穿上破旧的衣服,然后溺水而亡。在某些角色扮演游戏中,人们会穿上古董服装,在城堡中跑来跑去。"

无论我如何给死者翻身,尸体给我的感觉比起在水中被淹死很久的尸体,似乎更让我联想到一具穿着老式服装摆在橱窗里的人体模型。但后者对于法医而言也并不神秘,因为我们在做科研时曾经接触过这种罕见的现象。

我们在研究所里脱掉尸体的衣服,看到一具几乎被石化的、貌似用石灰或石膏制成的尸体。皮肤非但没有变软,身体和四肢反而被一层灰白色物质封闭起来。这层物质具有很强的稳定性,可以保护尸体形状和轮廓不受环境的影响。

在法医学中,该现象被称为"尸蜡",是一种自然的尸体保存形式(与人工保存方式相对,如古埃及的木乃伊)。该术语来自拉丁语 Adipocere/adeps:脂肪,cera/cira:蜡。另一个常见的术语是"脂肪蜡",但与"尸蜡"一样,它们在某种程度上都具有误导性,因为尸蜡形成的原因并非是脂肪和蜡的化学变化,而是高级脂肪酸的化学变化。

最早对尸蜡作为自然尸体保护方法的科学研究可以追溯到法国科学家佛克洛伊和图雷,十八世纪末,他们在巴黎圣天真公墓重新安置死者时首先观察到了这种现象。集体埋葬在拥挤不堪的巴黎公墓中的一些尸体尽管已入土很长时间，但并未腐烂，某些部位依然保存完好。

那么尸蜡是如何形成的？

前提条件是尸体必须要处于非常潮湿的环境中，并且没有空气供应。如果这两个条件都满足，在水下、洞穴或潮湿的坟墓中，尸体皮下脂肪组织的皮脂腺和汗腺导管就会出现液化脂肪。这种组织首先会形成油腻的团块，然后慢慢皂化成蜡一样的稠度。随着时间的流逝，这种"蜡"变得越来越坚硬，直到最终变成灰泥状、灰浆状的物质，尸体从而被保存下来。灰泥状的外壳使组织的结构即使重新暴露于空气下也能抑制细菌的分解，这种因其外观而被称为"石膏尸体"的身体和面部可在死亡后数十年得以保存。

尸蜡对法医鉴定有很大帮助，鉴于大多数情况下脂肪蜡可保持皮肤的稳定性，尸体上可见的伤害、勒痕、疤痕和文身等都能很轻易被识别出来。从蜡尸上也可以分离出 DNA 进行分析。我的同事就曾经鉴定过一条被螺旋桨斩断并在水中泡了两年的腿，根据其 DNA 找到了腿的所有者。

此外，蜡尸的牙齿状态和骨骼也相对容易进行鉴定。

其实真正困扰我们的并不是这具身体和面部轮廓均保存完好的尸体，而是死者的装束。我们团队一名成员突然冒出一个可以解决难题的想法："也许我们应该给大学的历史系打个电话，让他们派一位教授过来帮我们仔细研究一下死者的衣服，判断一下这些衣服是否确实属于历史遗物。"

研究所的调查人员感激不尽，他们即刻开始行动。专家很快赶到,他以专业的目光仔细审视我们从死者身上脱下的衣服,检查之后给出了评估:该男子的礼服外套和鞋子与十九世纪的流行风格相符,而且基本上可以肯定是当时的做工。国家刑事警察局一位纺织专家的意见消除了最后的疑虑。实际上,我们现在处理的是一起至少在一百年前沉入湖中而尸体得以自然保存下来的死亡案例。

一方面,这意味着躺在我们解剖台上的人是一个无比惊人的发现;而另一方面意味着没有什么情况再需要我们跟进。因为即使是谋杀案,凶手也早已不在人世。

因此检察院没有下令进行尸检。对于执法部门来说,只要能够确定不是当下或最近的死亡即可。但是正如我在本书导言中强调的那样:法医学从死者那里学习是为了服务生者。因此科研也是我们工作的一个重要组成部分。我们法医小组被允许从死者的大腿骨中取出一小块来进行研究。

有不同的年代测定法可以确定骨骼和有机物的确切年龄,其中最著名的是"碳测年",也被称为"放射性碳定年法"或"碳十四测年"。它被广泛应用于考古学、人类学、气候学和地质学方面,法医在某些情况下也会使用该方法测年。

碳十四测年法可测定骨龄几百年的骨骼以及不超过五万五千年的所有含碳有机物。碳十四测年法基于天然存在的放射性元素(即所谓的同位素)的自然衰变。其演进过程如下:在高层大气中含有大量的氮十四,在宇宙射线的作用下形成放射性氮同位素碳十四(氮和碳是基本元素)。

在植物的光合作用,即在光或太阳能的帮助下,二氧化碳和水形成碳水化合物，碳十四同位素和稳定的"普通"碳十二同位素均被植物吸收。这两种同位素最终与植物一起进入食物循环，从而进入人类和动物有机体，然后在生物体中形成恒定的碳十四与碳十二同位素比率——因为至少在生物体还活着的时候，需要不断摄取新食物和排泄。如果生物死亡，则不能再自然吸收任何新的碳，并且不稳定的同位素碳十四将以恒定速率衰减。

已知半衰期，即组织中碳十四同位素的量减半的时间为五千七百三十年。为了能够确定样品的年龄，就有必要找出仍然存在的碳十四原子的比例。

由于稳定的碳十二同位素不会衰变，因此可以根据碳十四与碳十二同位素的比率来计算有机物的年龄以及死者的骨骼年代。

纺织品报告和碳十四的调查结果显示，这位在湖里被发现的男人死于十九世纪后期。

尸蜡现象解释了为何尸体能够被保存这么久。不过还有另一个问题需要解答：如果死者躺在湖底长达一个多世纪之久，为什么他会在一百多年之后突然浮出水面？

这个问题的答案其实是一个众所周知的在科学上相对容易解释的现象，我们可以将他作为气候变化后果的一个警示：死者躺在湖底一个多世纪，那里的水温只有四摄氏度。这是一般冰箱设定的温度，也是尸体在法医冷藏室中的保存温度，因为在该温度下，尸体不会腐败。

在过去几十年中，全球气候逐渐变暖使湖底的水温上升到四摄氏度以上，导致尸体中产生腐烂性气体，从而给尸体提供了浮力。这就使得这个生活在十九世纪的男人终于从湖底浮出水面，并被船上的夫妻发现。

尸体自然保存现象不仅仅出现在湖泊或河流等水域中。我们都听说过沼泽木乃伊，这些尸体在酸性很高的沼泽环境中得以永久保存。沼泽木乃伊曾在石勒苏益格州的施洛斯·高托夫展出过，令人印象颇深。我小时候母亲和祖母最喜欢在周日带我去考古博物馆参观。作为一个小男孩，我曾无数次将脸贴在展柜的玻璃上，在"来自温德比的女孩"（但根据DNA分析是男孩）、"来自达明斯多夫的男人"和"来自奥斯特比的男人"头骨前流连。那时我已经开始对沼泽尸体及其死亡原因的猜测着迷。他们是被处决的罪犯？是人类为异教之神的献祭？是穷人的葬礼（因为那时较富裕的死者通常被火葬，灰烬被埋葬在坟墓中）？或者是不小心迷失在沼泽中的路人？

大多数专家认为这些人死于非自然的异常情况。腐殖酸是高分子化合物，可抑制腐烂过程，从而使尸体得以保存。这些尸体大部分是在沼泽下面的泥炭层中被发现的。它们的皮肤看起来很脏，颜色介于深褐色和黑色之间，刚打捞上来的尸体潮湿且易变形，如同柔软的鞣制皮革。尸体被打捞出来之后，腐烂过程会很快恢复，因此如果要使它们保持原始的形状和状态，则必须迅速进行保存处理。

今天仍然可以找到沼泽木乃伊，尤其是在德国北部和斯堪的纳维亚半岛南部。如果不是自然死亡，几乎都可以看出他们因何而死。来自丹麦的"托兰德男人"的脸部被保留下来,面部细节栩栩如生,即使在将近两千年后,他的脖子上仍保留着勒痕,表明他是死于绞刑或被勒死的。

与脂肪蜡尸一样,许多泥炭尸也可以通过DNA轻松加以分析,因为未腐烂的尸体不会导致蛋白质和核酸的降解。碳十四方法的测量结果表明,最古老的沼泽木乃伊死于两千五百年前。

截止到第二次世界大战结束,科学界一直认为形成一个典型的沼泽木乃伊,需要几个世纪的时间。然而第二次世界大战结束后不久,下萨克森州的农民发现了德国和英国轰炸机飞行员的沼泽尸体,这些飞行员驾机坠落在沼泽地里,并沉入其中。他们呈现出了典型沼泽尸体的特征。

自然木乃伊的另一种现象是所谓的永久冻土尸体。如果一个人死于永久冻土区(例如西伯利亚,加拿大北部或阿拉斯加的大部分地区),人体组织的水分会蒸发在冷空气中,直接完成从"固态"到"气态"的升华,不需要再通过"液态"这一中间环节。高山常见的低气压和干燥环境也增加了水蒸气的压力,使之能够更快逸出,可以说身体是被"冻干"的。如果生物体中没有水分,其衰变过程将大大减慢,在低于冰点的温度下,腐败和衰变将不再发生。

这些永久冻土尸体已经被保存了数千年。完全干燥的冻土尸体在挖出后可以保存数十年,不会产生任何化学变化。

您或许读过有关猛犸象被发现的事件,美国和俄罗斯的研究人员目前正在通过猛犸象的几簇毛发来解析它们的

DNA。毛发来自两头西伯利亚的猛犸象，其中一头在冰层中已经保存了大约二十万年，另一个甚至长达六十万年。毛发是提取具有千年历史DNA的极好来源，因为它的真菌和细菌含量通常比皮肤软组织和内脏器官少。虽然目前的科学水平还无法从DNA中克隆出这个庞然大物（这个想法在二十年前曾被认为是完全荒谬的），但在不久的将来，这似乎并非不能实现。一个原始的"侏罗纪公园"可能会成为现实。

罗莎·卢森堡案

显然，本案的性质有些与众不同。不仅是因为它被我收录在这本书中，而且还因为这个案件与我典型的法医日常工作丝毫不沾边。但这起九十年前发生的谋杀案——"罗莎·卢森堡案"向我们生动地演示了法医学的前景和可行性。因此我将本章作为最后一章，放在原本设定的最后一章"永久保存"之后。

罗莎·卢森堡案的最新爆炸性发现在电视、广播和媒体上引起了巨大反响。接下来我将详细讲讲法医学技术在这起曾引起轰动的案例中发挥的作用及其适用范围。

二〇〇七年一月，我被任命为柏林法医学研究所所长，之后我开始着手筹划一个法医学展览。作为展览的一部分，我集中精力对收藏品进行了整理，其中一些已在这两个研究所被尘封了数十年。

几个落满灰尘的圆顶地下室里，存放着柏林法医学界一百七十多年以来的数百个展品。这种储存室比较特别，成排的架子上放着无数容器，里面是浸泡在福尔马林中的部分人体和器官，包括被斩断的手和被肉块堵塞的咽喉等。除了这些所谓的湿制剂外，还有干制剂，如木乃伊头部或大腿骨，以及胎儿和新生儿的遗体。这里还存放着斧子、电线甚至自制设备等作案工具。

所有这些物品均已清晰记录在案，包括条目编号、解剖编号和年份。

在这个不寻常的档案库中还保存着一件极为醒目的展品：一具以脂肪蜡保存的女性尸体。

与其他所有收藏品相反，该尸体的起源无法追溯，因为在文档中没有发现任何条目，也未标注尸体编号和年份。尸体头部、双手和双脚缺失，但躯干完好无损。一眼就能分辨出她的女性特征，乳房丰满，臀部突出，而且身材矮小。

一名在该研究所工作了三十年的工作人员把我拉到一边，打开一个东西，立即唤起了我作为法医的好奇心：我忽然产生一个想法，尸体的相貌和身高使我想起短寿的罗莎·卢森堡，然后我又记起一个几十年来有关夏里特法医研究所的传闻，称罗莎·卢森堡的尸体从未离开过该研究所。为了满足自己的好奇心，我首先从历史书读起，因为当年在学校里学过的这段历史早就已经忘记了。

一九一九年一月十五日，欧洲工人运动的领导人、德国共产党的联合创始人罗莎·卢森堡和卡尔·李卜克内西在柏林被捕。他们被拖入位于选帝侯大街伊甸园酒店的后卫骑兵步枪师的总部。两人在受到讯问和酷刑数小时后被谋杀。在离开伊甸园酒店时，罗莎·卢森堡被一名士兵的步枪枪托击倒。她躺在地板上，再次被步枪枪托击中。士兵将重伤的她扔到一辆敞篷汽车的后座上，从布达佩斯街驶向科尼利厄斯桥，途中她继续遭到殴打。在纽伦堡大街，另一名士兵从车辆的左脚踏板上跳到行驶的汽车中，开枪射中她的头部，身受重伤的罗莎·卢森堡中弹身亡。凶手之后将尸体扔进了兰德维尔运河。仅十天后，即一月二十五日，罗莎·卢森堡就被埋葬在了柏林的弗里德里希斯费尔德中央公墓，卡尔·李卜克内西旁边。

但她的棺材是空的！这个消息很快就流传开来，进一步加剧了紧张的政治气氛。

寻找被谋杀的革命者——某种意义上也可称作烈士的尸体成为一个政治问题，政府担心在残酷镇压斯巴达克斯起义后会再次引起社会动荡。失踪的烈士让当局颇为头疼。从一九一九年一月到五月，一直有传言说罗莎·卢森堡的尸体已在兰德维尔运河中被发现，但所有这些都被证明是不实谣言。五月三十一日傍晚，一位七十六岁的船闸管理员戈特弗里德·克内佩尔在兰德维尔运河的下弗赖阿尔肯和城市铁路桥之间的闸门处发现一具女尸。打捞上来的尸体按照惯例被作为无名尸送到柏林米特区汉诺威大街的停尸房。一九一九年六月十三日，这个尸体以罗莎·卢森堡之名被埋葬。

在这种历史背景下，事件的真相扑朔迷离甚至互相矛盾，在好奇心的驱使下，我决定对罗莎·卢森堡之死进行一个全面的调查，我的行为准则是：像在会议室一样真实、透彻、公正地审视一切。

我要做的第一件事是确定罗莎·卢森堡的尸体是否确实被送到了警察局的太平间，当时柏林所有的无名尸和死于暴力的人都会被转移到同一所楼房的法医研究所进行进一步调查。

我在研究所一九一九年的档案中的确找到一个编号为 1480/19 的条目："罗莎·卢森堡博士，法律顾问，作家。一八七一年三月五日出生于俄罗斯波兰的扎莫什奇。一九一九年五月三十一日被发现死于兰德维尔运河的弗赖阿尔肯桥的门闸之下。"尸体从兰德维尔运河被打捞上来之后，罗莎·卢森堡的确被送到了夏里特法医研究所下属的停尸房。

我仔细查阅了夏里特法医研究所接下来几年中的尸体登记册。经查，在一九一九年至一九二二年间，从兰德维尔运河中打捞出来并送往该太平间的无名女尸共八具。当然，这八具无名女尸中包括那具脂肪蜡尸体。根据脂肪蜡形成的程度可断定，尸体在水中浸泡至少半年，甚至是三年。

为什么这具尸体的身份一直未被确认？一种解释是因为她的名字——即罗莎·卢森堡——已经被使用了。

根据有关资料，罗莎·卢森堡的尸体在佐森一个军事训练区的驻军医院进行过尸检。这一线索使我将确定脂肪尸的真实身份作为下一步的工作重点，不先入为主将之当作罗莎·卢森堡的遗体。我尝试从弗赖堡的军事档案中获取尸体解剖记录（如果它确实存在的话）。仅在几个星期后，我就拿到了记录。对我而言，因为无名脂肪蜡尸的身份无法予以确认，我只能不把它当作罗莎·卢森堡，而且脂肪蜡尸体并没有接受过尸检的痕迹。不过当我读完由两部分组成的尸检报告时，我很快意识到下这个结论还为时过早。

法医的好奇心使我产生了一个具体的怀疑：有没有可能，当时以罗莎·卢森堡之名解剖的尸体并非罗莎·卢森堡？如果不是，那我们这里的脂肪蜡尸体会不会就是罗莎·卢森堡？

一九一九年五月三十一日从兰德维尔运河上打捞出来的女性尸体，尸检报告包括两份。第一份创建于一九一九年六月三日，法医弗里茨·斯特拉斯曼博士和保罗·弗兰克尔教授在佐森军事训练区驻军医院对尸体进行了解剖。第二份报告的创建日期是一九一九年六月十三日，即这位女士以罗莎·卢森堡之名被埋葬的那天。

但我马上意识到其中的蹊跷之处，因为一九一九年六月三日的尸检报告只有三页内容！

如果您读过本书的所有章节，您会很清楚地了解法医常规检查的详细程度。您还记得"合二为一的调查"一章中我引用尸检报告的部分段落吗？光这些节录的段落已经比所谓的罗莎·卢森堡完整的第一次尸检报告要长得多。而且在那个年代，尸体解剖报告其实比现在详细得多，通常最少有十几页，尤其是这种具有政治爆炸性的案件。之所以发生这种情况，只有以下两种可能的解释：

第一种可能的解释：根据德国国防部长古斯塔夫·诺斯克的说法，在进行尸体解剖时，法医并不知道那具尸体是罗莎·卢森堡，他们将之作为一起普通的姓名不详的自杀案处理了。

第二种可能的解释：两位法医很清楚要对该事件加以掩盖，于是他们遵循了这样一个命令——把卢森堡的名字强加在这个陌生女人的尸体上，锁定尸体身份，为了让当局仇恨的社会主义自由战士罗莎·卢森堡被"遗忘"，让人们不再寻找她失踪的尸体，从而给卢森堡的神话画上一个句号。

不过前者的可能性较小，因为如果是这种情况，不会将弗里茨·斯特拉斯曼和保罗·弗兰克尔这样的顶级法律从业人员从他们位于柏林的学院带到五十公里外的佐森。在我看来，斯特拉斯曼和弗兰克尔至少应该知道他们的任务是在尸检报告中确认罗莎·卢森堡的身份以及炮制适当的死因。没有其他原因可以解释三页尸检报告的简短性，毕竟它是由当时的法医专家创建的。这也得到了以下事实的支持：尸检是在佐森的军事训练区，而不是像往常一样在与警察停尸房直接相连的柏林米特法医研究所的尸检室进行的。在法医研究所之外的地方进行尸检，就可使两名法医更容易屈服于军方的压力。

帝国防卫军部长诺斯克向愤怒的公众匆匆展示了一下罗莎·卢森堡的尸体，然后迅速将其埋葬。很有可能是他本人下令将无名尸移花接木为罗莎·卢森堡，在那个每天都有几十个政府反对派和异见者被军方射杀的年代（尸体都被送去汉诺威大街的太平间），所有尸体解剖员都乖乖就范而不敢违令也是顺理成章的。

罗莎·卢森堡的同志、密友和秘书玛蒂尔德·雅各布曾请求医生去佐森，咨询尸检事宜。她在回忆录中写道："我试图请两位医生到佐森军营，但徒劳无功。他们忧心自身的安危，如果答应参加，必然会受到政治迫害。"

* * *

尸检的地点和验尸报告的简洁程度疑点重重。经过仔细检查，这些疑点愈发清晰。

在当时，解剖之前进行的体外检查规范和现在一样，对尸检而言非常重要的物理特征都必须记录下来，而这些内容只有二十六行。例如，报告完全省略了关于牙齿状态的记录，只记录了："牙齿松动，其中某些牙齿完全缺失。位于中心线右上的牙齿一小部分横向断裂。"报告里的女性尸体身高一米四六（罗莎·卢森堡身高一米五）已严重腐败，并且外部未见明显伤害（"颈部、躯干和四肢无受伤痕迹"）。有趣的是，报告竟然明确指出："未发现双腿长度不同。"而根据历史记载，罗莎·卢森堡髋关节先天性脱位，导致她长短不一的两腿进一步受损，走路有明显的"跛脚"或"蹒跚"的特征。

打开头腔后的一个重要发现是颅底骨折（"头骨表面见一条贯穿左右中间头骨和土耳其鞍的骨折，使头骨前端与后端分开"）。尸检报告确认头骨和硬脑膜未受损伤（"颅顶骨未见变形，外部和内部完好无损""硬脑膜外部呈肮脏灰色，麻袋状，未见任何损伤的迹象"）。

一九一九年六月三日的尸检报告以如下的死亡原因和重构信息收尾："尸体高度腐烂，通过解剖无法确定死亡原因。但尸检表明，颅底严重受伤可导致死亡……在解剖中未发现由枪托撞击造成的伤害。死者脊柱有一定弯曲。未能确定导致跛行和蹒跚的原因。尸体在水中至少浸泡两个月之久，但极有可能长达四个半月或更久。"

原始尸检报告没有提供关于死者身份的任何信息。死去的女人被当作无名尸处理，罗莎·卢森堡的名字并未出现在该报告中。同样，正如我们所看到的，没有任何有力证据可以确认该尸体为罗莎·卢森堡。恰好相反，甚至有明确的迹象表明这具被解剖的尸体并不是罗莎·卢森堡：身高不同，没有髋关节疾病，双腿长度无差异，在死前没有被枪托重击过。

在日期为一九六九年六月十三日共十三页的第二次尸检报告中，这具无名尸突然变成了罗莎·卢森堡："关于卢森堡的尸体调查，我们将随后发布专家的补充意见。"有趣的是，报告中丝毫没有提及将无名女尸鉴定为罗莎·卢森堡的情况。斯特拉斯曼和保罗·弗兰克尔只是简单标注："在获得某种认可之后，我们认为有关死者固有特征的部分没必要出现在报告中。"没有明确的法医检查结果，如何能够使这样的身份鉴定具有说服力？这具女性尸体于一九一九年六月三日被归入无名尸，一九一九年六月十三日被冠以罗莎·卢森堡的身份，并在同一天下葬，浩浩荡荡的送葬队伍从柏林弗里德里希斯海因游行到费尔德的公墓，在那里为她举行了盛大的葬礼，尽管根据法医鉴定，此人并不是罗莎·卢森堡。

接下来六月十三日的补充报告则更加荒诞，特别是对六月三日的解剖做出的解释：颅底骨折经查现归于枪击伤害（尽管一九一九年六月三日的颅骨解剖报告称硬脑膜未见损伤，这说明所谓的颅骨枪弹伤害是不成立的）。根据六月三日的验尸报告，左颞颥区域的"皮肤见不明显圆形伤口，直径约七毫米"，十天后被宣布为疑似弹丸伤。如果左颞骨上的这种伤害（顺便说一下，没有看到当时尸体解剖的照片）是由一颗子弹造成的,那么就会发现子弹射出造成的损伤(但情况并非如此),除非子弹卡在头颅中(但报告中没有相关内容)。可以肯定地说,验尸者不可能忽略这一重要细节。斯特拉斯曼和弗兰克尔在当时是杰出的医学专家,深受医学专业人士的推崇和尊重。

对于左耳前皮肤的变化,报告中说:"检查推定的子弹射入口处的皮肤,未发现粉末喷出或沉积。鉴于皮肤表皮层的损伤及使用无烟火药射击可导致无粉末喷撒和沉积现象,无法否认这不是子弹伤……引人注目的是,上述皮肤创口周围的头发完好无损,无碎落的迹象,符合近距离射击特征。"有趣的是,卡尔·李卜克内西被与罗莎·卢森堡相同类型的军用手枪射击(从背后向头部射击),同样由斯特拉斯曼对其进行了尸体解剖,他确认了子弹对李卜克内西头骨造成的巨大爆裂伤害,他在卡尔·李卜克内西的验尸报告中写道:"可见多处断裂,从射入口到射出口形成一个由多部分组成的相互连接的骨裂系统。"而在这位被称为罗莎·卢森堡的女人的解剖报告中,进入她左颞颥的弹丸仅在颅底造成了"槽状损伤"。在她的头骨上找不到像李卜克内西那样的骨裂痕迹。

令人匪夷所思的是,这两位法医不仅试图用枪击来解释死者的颅骨损伤,并且在之后的段落里又以步枪枪托质疑了自己的说法。

由于呼吸道中没有发现血液,两位法医得出了以下结论:"如果颅底骨折发生时死者尚在世,则会即刻导致死亡"。这使整件事情变得更加混乱,因为这意味着验尸专家们怀疑在其生前颅底甚至已经受到严重伤害（并假设这是导致死亡的原因）！更诡异的是十天前在验尸报告中已经明确被排除的枪托伤却变成了可能的死因。"卢森堡女士遭受了第一次枪托撞击，引起严重的脑震荡，但无骨损伤，是否有脑出血现象不明。第二次枪托撞击导致上颌骨的牙槽骨断裂。"

对于为什么罗莎·卢森堡头上的枪托伤（证人描述打击非常猛烈）并没有导致颅底骨折，补充报告中对此做出了以下解释："枪托撞击与最初的设想背道而驰，现在可以确定并未对颅底造成伤害。正如一名证人在庭审中指控热舒夫斯基（自由军团成员，曾将被枪杀的罗莎·卢森堡扔进敞篷汽车的后座）所说的那样，由于罗莎·卢森堡头发稠密且戴着帽子，这就减弱了枪托打击的力量，只引起了脑震荡。"这简直是一派胡言！即使对一个非医学专业的普通人解释说，帽子和浓密的头发可以减轻硬物的猛烈撞击，不会对头部造成明显伤害，他也不会相信！此番言论实在令人震惊。

从理性的角度来看，六月三日在尸体解剖期间确定的颅底骨折是所谓的颅底"线性骨折"，这绝不是由枪击造成的，而是颅底受到多次单向的暴力作用所致。不仅颅底骨折的描述与弹道不符，而且如果是枪弹损伤，则在显微镜下可观察到血液吸入。这种颅底线性骨折是钝器暴力作用的结果，如某人从高处坠落到坚硬的表面上，或者从高处跳下死亡后撞到房屋的墙壁或桥柱上。很少有人能从这种伤害中幸存下来，这就是在死者身上不会发现血液吸入这一标志性现象的原因——正如最终以罗莎·卢森堡之名被埋葬的无名女尸一样。

罗莎·卢森堡因左颞颥中枪而丧生,因此尸检中应该会发现血液吸入的迹象。

现在已经很清楚,在佐森接受尸检的尸体不可能是罗莎·卢森堡,我们有足够的理由对那具脂肪蜡尸体进行仔细的研究。

首先我们通过X射线对其臀部进行了检查,原因是如果我们在那里没有发现任何明显特征,就证明尸体不是罗莎·卢森堡。然而X射线却显示出退化性髋关节损伤。这是除了身高和相貌之外,我们发现的另一个尸检报告中出现的与罗莎·卢森堡不符的特征。但这依然不能确认其身份,除非通过DNA分析。因此我们需要能够与脂肪蜡尸DNA进行比较的罗莎·卢森堡遗物。

研究所的法医遗传学部门可将DNA分离出来。与此同时,我们发现在柏林芬肯施泰因大道的联邦档案中有罗莎·卢森堡的原始信件和抄件以及贴着邮票的信封和明信片。日益精进的DNA分析技术可以通过极其微小的唾液痕迹创建基因指纹。因此我们向科布伦茨的联邦档案馆求助,请求给我们提供一个原始信封,以便检查邮票和信封的折痕。

几天后我们得到许可,允许检查罗莎·卢森堡在一九一八年至一九一九年之间寄出的两个带邮票的信封和一张带邮票的明信片。然而不幸的是,这些调查仍然没有带来结果。所有的邮票和信封的封口显然都是用水弄湿粘贴的,任何地方都没有找到包含DNA的物质。对罗莎·卢森堡仅存的个人物品的进一步检验也已失败。而且由于她的信件在过去九十年中已辗转经过诸多历史学家之手，这些历史学家反过来又留下了自己的DNA，所以对其进行鉴定已经毫无意义。至于个人物品，我们更偏爱围巾、外套、帽子等，因为在它们上面最有可能找到用于DNA分析的头屑或毛发。

我们还询问了位于波恩的弗里德里希－埃伯特基金会社会民主党档案馆，请求对方提供相关资料，但那里没有罗莎·卢森堡的任何私人物品。罗莎·卢森堡基金会和"联邦档案馆德意志民主共和国党和群众组织档案"中也未收藏任何资料。

由于无法进行DNA比较，我们只能运用排除诊断法（我在"赤裸的真相"一章中解释了排除诊断法的原理）：如果我们找不到脂肪蜡尸体是否是罗莎·卢森堡的证据，就要从与之相反的证据下手进行反推。我首先安排了CT，即计算机断层扫描检查。结果表明，该女性死亡年龄大约在四十至五十岁之间（罗莎·卢森堡四十七岁时被谋杀），而且正如传统放射学检查所显示的那样，死者生前罹患髋骨关节炎，其双腿长度有所不同。这两点都表明此人生前可能跛行或步履蹒跚。以大腿的长度为基准，可计算出这名女子的身高为一米五。这些都是无名蜡尸身份与罗莎·卢森堡有所契合的进一步佐证。

通过CT扫描还得到了另外一个有趣的发现，死者颈部和头部在第一胸椎的正上方被切断。由完好无损的椎骨和断端的直切面来判断，可以肯定是专业人员在她死亡之后进行操作的。

我们还发现现存的一份已过世的证人的证词，他在一九七五年左右曾在法医研究所解剖学收藏物中看到过罗莎·卢森堡的头颅。头骨分离并不罕见。截至二十世纪中叶，所谓的"头骨拜物教"一直存在，不少解剖学家、人类学家和法医将历史人物的头颅切下，将之作为收藏品保存。我们现在还能看到一九二五年被斩首的连环杀手弗里茨·哈曼的头颅，它被收藏在哥廷根法医学研究所。

柏林法医学界之所以收藏了众多的解剖样品（不仅在法医学，而且在解剖学、病理学、外科、妇科方面也是如此）是基于以下事实：一方面，直到二十世纪末才通过严格的法律，限制医生搜集身体或尸体部位作为证物储存；另一方面，此后不久就产生了可以拍摄细物的彩色照片。现在再来看，当初保留身体部位、骨头的碎片甚至整个身体是不可思议的事情。借助（数码）彩色摄影和其他技术，如铸造和制作蜡像模型，我们可以随时记录有趣的发现。从这种意义上说，上述的标本收集工作已成为历史。

至于为什么脂肪蜡尸除了头部外还缺少四肢，我们只能靠推测来判断。对于在水中浸泡长达数月甚至数年的尸体，手、脚甚至整个肢体缺失的情况并不少见。特别是手和脚，它们不像躯体那么紧凑，是最容易腐烂的部位。对于一九一九年一月十五日至十六日晚罗莎·卢森堡被扔进兰德维尔运河之前,她的尸体是否被用线缆在手腕和脚踝处捆绑重物,也存在相互矛盾的陈述。如果是这种情况,那就可能存在另一种解读:尸体腐败期间会产生大量气体,随着时间的流逝,被软化的手和脚会在重压之下从关节上断开。

在做完计算机断层扫描检查之后,我还希望通过碳十四测年法获得更多的证据支持,即采用放射分析法确定某人的生活年代。我们委托基尔的莱布尼兹年龄确定和同位素研究实验室对其右胫骨的一小块骨头进行检查,结果表明这名身份不明的妇女恰好生活在罗莎·卢森堡的时代。

经过研究和排除诊断法,我得出以下结论:这具无名尸生活在罗莎·卢森堡时代,去世时年龄在四十至五十岁之间;她有着与著名的社会主义者相同的身高、身材和身体比例;生前患有髋关节疾病,双腿长度不同,头部被切除作为标本。死者的身世存疑——可能是被故意掩盖的。

当然,这些特征不是唯一的,当时肯定也有符合这些特征的女性。但是又有多少女性从水中被打捞,作为蜡尸被秘密带到柏林的太平间,然后在法医研究所待了几十年?再无其他。

在为期两年半的排除标准搜索中,越来越多的证据指向神秘的脂肪蜡尸体可能就是罗莎·卢森堡。

既然所有可能的检查都取得了积极的成果,我希望最后尝试使用DNA匹配来加以印证，因为对于法医来说，除了澄清死因和死亡情况外，还要找回无名尸的身份，否则是不圆满、不能令人满意的。因此我向公众求助，以期能够获得一些痕迹进行比较。

不幸的是，到目前为止还没有结果。汹涌的民意表明，这位重要的权利活动家和欧洲劳工运动斗士的命运一直在感动着人们。对尸体的明确鉴定并不能透露罗莎·卢森堡谋杀案的更多细节，最终呈现在我们眼前的不仅仅是一个政治悲剧，同时也是一个人间悲剧。

我不能保证对蜡尸进行尸检可以获得其他检查方法得不到的信息。在这种情况下，避免切开胸腹腔是对死者的尊重，同时解剖也无法得到法律支持。由谁来签字同意进行尸检呢？如果尸体关乎罗莎·卢森堡，则必须联系其直系亲属，但他们早已不在人世。检察官的死亡调查尚未启动，因此也不可能获得进行尸检的司法命令。

遗憾的是，现在已经不可能对一九一九年以罗莎·卢森堡之名被埋葬的女人进行开棺验尸了。一九五三年，纳粹在柏林弗里德里希斯菲尔德的中央公墓摧毁了这座纪念馆，它是建筑师密斯·凡·德·罗在一九二六年为纪念罗莎·卢森堡和卡尔·李卜克内西而设计的革命纪念馆。一九四一年，纳粹将墓地夷为平地并移走了遗骸，目前仍然不清楚当时他们是如何处理遗骸的。威廉·皮克是卢森堡的同志，是德国统一社会党（SED）的共同创始人，是德意志民主共和国第一任也是唯一一任总统（1949-1960），他于一九五〇年下令在弗里德里希斯菲尔德公墓中寻找这两名同志的遗体，但没有成功，他在那里修建了一座新的纪念馆来缅怀这两位社会主义先驱者。直到今天，每当一月十五日卢森堡和李卜克内西的遇害日，仍有成千上万的人前去柏林纪念馆进行悼念。

毫无疑问，六月十三日埋葬在柏林弗里德里希斯菲尔德的遗体并非罗莎·卢森堡。而那具一直被收藏在柏林夏里特医院法医学研究所的蜡尸是在一九一九年被谋杀的革命领袖的遗体吗？经过两年半的痕迹搜索，我们没有发现与之相对立的证据，相反，很多证据都支持这个论点。可惜我们缺少最后一个证据，这是关于罗莎·卢森堡遗体之谜中的一个很小但至关重要的一环——DNA 证据。

令人欣慰的是，对于那些年代久远的旧案疑案，我们也可以使用现代法医学特定的方法来予以鉴定。这里我要阐述的重点是，即使是将近一个世纪的死亡案例，我们仍然可以进行 DNA 分析。通过痕迹携带者，如死者个人物品的痕迹来比较 DNA 数据，为现代法医学的发展提供了更为广泛的空间和可能。

结语:轰动意味着什么?

看到这里，作为读者的您已经和我一起追踪了一件件血案。你们间接见证了这些死亡事件：被谋杀后用汽车拖到州际公路上的皮条客；在被忽视的社会环境里发生的精神障碍者谋杀案；因粗心大意在狩猎过程中不幸死亡的事故；死于自己运送毒品的人体贩毒者；在酒精和寒冷的双重作用下发生的冻死悲剧……此外，还有一个不可轻视的现象，就是那些绞尽脑汁终结自己生命的人的致命决心：在行驶汽车中引发的爆炸、放血和随后的斩首机关，为躲避世人，选择藏身雨水桶切开动脉的自杀案。

所有这些案例都有一个共同点：它们不是发生在一个令人向往却又离我们极为遥远的富裕美丽的地方，而是就在我们生活的平凡世界里。唯一造成轰动的受害者是一个小女孩，但她引起世人关注却是因为她的死亡，而这本来是可以避免的。可以说，本书描述的十二个案例并不怎么引人注目，尤其和那些擅于编织名人扑朔迷离之死案件的小报相比。但同时，这些案件又是惊人的，因为它们揭示了一些人们并不乐见的尖锐的社会现象，一些我们法医从业人员每天都面对的现象。在我看来，这些死亡之所以应该被重视，是因为受害者都是普通人，他们可能就是我们身边在公交车站等车或在超市收银台旁边结账的普通人。

当然，这并不意味着从现在开始我们应该将工作重点放在应对周遭的悲剧上。总的来说，作为法医，我宁愿努力做好本职工作，而不是在道德上拔高自我。但我在日常工作中碰到的暗黑之处也不应被隐藏，因为这些死亡案件所暴露出来的社会阴暗面并非上帝所赐。每一个非自然死亡案例本身就是一个警告信号。我每天在尸检室面对解剖台上躺着的尸体，总能从中找到诸多线索，让我们思考这个社会究竟哪里出了问题，又该如何应对。我们不应将这个悲伤的世界从生活中驱逐出去，而应基于对生命的热爱和它拉近距离。本书以此为宗旨，希望可为社会贡献一份微薄之力，仅此而已。

DEM TOD AUF DER SPUR by Michael Tsokos
In collaboration with Dr. Veit Etzold and Lothar Strüh
Copyright © by Ullstein Buchverlage GmbH, Berlin. First published in 2009 by Ullstein Taschenbuch Verlag.
Simplified Chinese edition copyright © 2021 New Star Press Co., Ltd.
All rights reserved.

图书在版编目（CIP）数据

死亡追踪者／（德）米夏埃尔・索克斯，（德）洛萨・斯特鲁，（德）维特・艾佐德著；冯雅静译 . —— 北京：新星出版社，2021.4
ISBN 978-7-5133-4233-9

Ⅰ . ①死… Ⅱ . ①米… ②洛… ③维… ④冯… Ⅲ . ①纪实文学－作品集－德国－现代 Ⅳ . ① I516.55

中国版本图书馆 CIP 数据核字（2020）第 222311 号

死亡追踪者

[德] 米夏埃尔・索克斯 等著；冯雅静 译

责任编辑：王　欢
特约编辑：郑　雁
责任校对：刘　义
责任印制：李珊珊
装帧设计：@broussaille私制

出版发行：新星出版社
出 版 人：马汝军
社　　址：北京市西城区车公庄大街丙3号楼　　100044
网　　址：www.newstarpress.com
电　　话：010-88310888
传　　真：010-65270449
法律顾问：北京市岳成律师事务所

读者服务：010-88310811　service@newstarpress.com
邮购地址：北京市西城区车公庄大街丙3号楼　　100044

印　　刷：天津行知印刷有限公司
开　　本：910mm×1230mm　1/32
印　　张：7
字　　数：90千字
版　　次：2021年4月第一版　2021年4月第一次印刷
书　　号：ISBN 978-7-5133-4233-9
定　　价：46.00元

版权专有，侵权必究；如有质量问题，请与印刷厂联系调换。